史上最強オークさんの

5

ティータ
「なっ、なに、この恰好!?」

「この服、尻尾穴がなくてスカートがめくれちゃいますっ」

ティータはブレザータイプの制服。

クルルはクラシカルなメイド服になる。

どちらもこの世界にあるはずがないもの。

クルル

「夢ではしちゃったけど……
現実のほうで最初に
オルクちゃんとエッチするの、
ロマンチックじゃないと嫌だもの」
ずっと大人びて、お姉さんぶるリリスの
あまりにも幼い仕草と表情。
それが、可愛らしくて、微笑ましくて、
笑ってしまった。

リリス

ティラミスを切り分け、コーヒーと併せて、全員に配る。
「いい香りだね。
コーヒーの香りとオレンジの香りが
顔を近づけなくても届くよ」
「とても美味しそうな匂いです」
「ええ、これだけ香りを
楽しめるデザートは
他にないですの」
そう、ティラミスほど
香りの強いデザートは珍しい。
エスプレッソを使った本物は、
まず香りで客を酔わせる。
「一口、食べたら、
コーヒーを口にしてくれ」
「あっ、オルクさん。
ハチミツください。
私、苦いの苦手で」
「だまされたと思って、
今日は、ブラックでやってくれ」
ルリネ

キツネだからか、味覚が敏感なクルルはコーヒーの香りは好きだが、苦みは苦手で、いつもハチミツをたっぷり入れている。それを知ってて、あえてブラックで出した。

「……ちょっと怖いですけど、信じます」

「おとーさん、マーレ、早く、食べたい！　まだ、だめなの？」

「ああ、すまない。もういいよ」

それを合図にして、全員が口をつける。

「あっ、美味しい、なんかとっても、その、お洒落な味だね」

「不思議です。苦いのに、苦くないです」

「びっくりするぐらい、高貴な味ですわ。甘くて、苦い、初めての味。でも、とても好きです。これ、とても社交界受けがいいお菓子です」

「美味しいの！」

CONTENTS

Making fun mating harem of the strongest ever oak...

史上最強オークさんの楽しい種付けハーレムづくり

5

[Author.]
月夜 涙
[illust.] みわべさくら

オルク
ハーレムを作るため、世界中を
旅する最強のオーク。

ルリネ
フォーランド王国、第二王女。
オルクの親戚筋。

ティータ
エルフ。風の精霊を操れる風の巫女。

リリス
元魔王軍四天王の一人であり、
サキュバスの上位種。

クルル
キツネ耳の少女。オリハルコンを
加工できる神鉄の一族。

マーレ
突如オルクの元に訪れてきた
「娘」を名乗る少女。

Making fun mating harem of the strongest ever oak...

プロローグ：満身創痍《まんしんそうい》のオークさんは欲求不満

別大陸の美女を探しにいこうと出かけた先で、邪神と戦うことになってしまった。

禁じ手中の禁じ手、【第三段階解放《ラストリミテッド・リリース》】を使用することで辛勝したが……その代償は大きい。

この一週間、ベッドから一歩も出ていない。というか、指一本動かせない、そんな地獄を味わっている。

そんな俺を二人の美少女と一人の美女が看病していた。

「あの、オルク、大丈夫？」

鮮やかな金色の髪をした美少女エルフのティータが覗《のぞ》き込んでくる。

「ぜんぜん、良くなりませんね」

そして、少し勝気なキツネ耳美少女のクルルが俺を指でつつく。

「あまり、触っちゃだめよ。オルクちゃんは生きているのが不思議なぐらいの重症なんだから」

二人の美少女をいさめたのはきわどい恰好《かっこう》をした蝙蝠《こうもり》の翼が生えた美女。

アラサー（アラウンドサウザンド）の妖艶《ようえん》なお姉さんにして、魔王のリリス。

エヴォル・オークの血を完全解放したにも拘《かか》わらず戻ってこれたのは彼女のおかげだろう。

「でも、ちょっとはマシになってきたわね。これなら、少しは癒《い》やしてあげられるわ」

リリスが回復魔術を使用する。

彼女はサキュバスの最上位種であるナイトメア。様々な種族の技術を取り込んでおり、回復魔術も超一級。

柔らかい光がしみ込んで、少し楽になってきた。具体的には首から上は動くぐらいに。

「ふう、やっとこれで話ができる」

逆に今までは口を動かすことすらできなかった。

声を出すだけで体に微細な震えが伝わり、痛みに強い耐性を持っている俺ですら悲鳴をあげそうなほどの痛みが走る。

ティータはそんな俺を心配そうに見て、リリスに声をかける。

「あの、リリス、もっと強い回復魔術をかけてあげられないかな？　ぜんぜん、治ってなさそうだよ」

「止《や》めたほうがいいわね。オルクちゃんがこうなっているのは力を引き出した反動よ。……今、エヴォル・オークの自己防衛反応で必死に体が適応しようとしているところなの。強い治療は逆効果になっちゃう」

リリスが居てくれてよかったと思う。

おそらく、俺の現状を正しく理解し、最適な手を実行できるのはリリスの他には、大賢者マリン・エンライトぐらいだろう。

（さすがに【第三段階解放《ラストリミテッド・リリース》】は無茶だったな）

反動がえげつない。初めて【第二段階解放《セカンドリミット・リリース》】したときも数日寝込んだが、それ以上。そのときの負荷に体が適応したからこそ耐えられているが、それなしに【第三段階解放】していれば命を落としていただろう。

全身の筋肉が断裂、魔力回路のほとんどが破裂、骨には微細なヒビが入り、内臓は弱り切りいくつかは機能を放棄《ほうき》している。

リリスは手助けと言ったが、本当にうまくそれらを少しずつ癒《い》やしてくれていた。

「さすがに辛《つら》いな」

「うわ、オルクが泣き言言ってるのなんてめずらしい」

「オルクさんって私たちの前じゃいつもかっこつけてやせ我慢してますもんね」

「そこは気付かない振りをしてもらえるとやせ我慢の甲斐《かい》があるんだが」

ばれていたのは驚きだ。

これも愛の力かもしれない。

「二人とも、瀕死《ひんし》のオルクちゃんをいじめちゃだめよ。お姉ちゃんに何が辛いか、言ってごらんなさい」

魔王リリスのばぶみがすごくておぎゃる。

おっぱいも母性もすごい。

年上、いいかもしれない。

「まんま、まんま。おちんちんが、おちんちんが破裂しちゃいそうだよぅ」

おぎゃったせいか、赤ちゃん言葉が出た。

そう一週間も寝たきり、つまり俺のオークさんはもう爆発寸前だ。死にかけなのに……と思うが、むしろ逆で死の間際がもっとも生存本能が働くのだ。

そんな俺を見て、嫁の二人がドン引きしている。

「普通に気持ち悪いよ」

「はい、その、生理的にきついです」

二人の嫁の辛辣《しんらつ》な目が辛い……。

「ほんとうに勃起しているわね。オルクちゃんったら、もう」

リリスがしょうがないなと撫《な》でてくれる。どこかは秘密だ。

「オルクって、今、やっとしゃべれるようになったばかりだよね」

「すごいです、ものすごくやせ我慢で痛いの我慢しているのに、それでも、そっちは元気なんですか」

「うっ、見抜かれてる」

今も死ぬほどの激痛に抗《あらが》っている。

だが、下半身事情も本気で深刻なのだ。

　オークの性欲はおおよそ人間の114514倍と言われているぐらいだ。

　そんなオークが一週間も禁欲すれば、バーニングオークになってメルトダウンしてしまう。某《ぼう》放射線を浴びて巨大化した恐竜のように。

「しょうがないわね。お姉ちゃんが抜いてあげましょう」

「この状態で、エッチなことしたら、オルク死んじゃわないかな？」

「ティータの言う事はもっともね。注意しながらやらないと危険よ」

「その、一応、私、オルクさんの嫁としての意地があるので、私がやってあげたいです」

「そういう言い方されたら、私だって引けなくなるよ」

「いえ、みんなで力を合わせましょう。今のオルクちゃんに強い刺激を与えるわけにはいかないのよ。せいぜい、撫《な》でたりする刺激が限界だもの、一人一人じゃ、無理よ」

　えっ、そうなの。この可哀相《かわいそう》な俺のオークさんが撫でてもらうしかないなんて。

　逆にもどかしくて死にそうなんだが。

「それでオルクを満足させるなんてできないよっ！」

　俺はそれに返事をする。首を振るのがきついので、息子で。

「その返事の仕方は止《や》めてください……ごほんっ、私も自信がないです」

「ふふふっ、可愛《かわい》くても所詮《しょせん》、小娘ね。刺激がなくてもシチュエーションで抜かせることができるのよ」

リリスが指を鳴らす。すると、黒い闇がティータとクルルを包む。

「きゃあああ」

「えっ、服が、消えて、なんですかこれ!?」

二人の戸惑う声が聞こえる。

そして、闇が消え去ると二人の恰好《かっこう》が変わっていた。

「なっ、なに、この恰好!?」

「この服、尻尾穴《しっぽあな》がなくてスカートがめくれちゃいますっ」

ティータはブレザータイプの制服。

クルルはクラシカルなメイド服になる。

どちらもこの世界にあるはずがないもの。

「オルクちゃんの心を読んで、もっともそそる衣装を用意したわ！」

「でも、これ、私たちの私服よりずっと露出《ろしゅつ》が少ない気がします」

「そうですよ。というか、もとに戻してください。ずっとスカート押さえとかないといけないじゃないですか！」

二人の私服は露出が多い。というか、エロい。二人の趣味なので止めさせられないが、街で二人を見る男たちの眼を潰《つぶ》さないように理性を保つのにいつも必死だった。

今の二人は露出はけして多くない。なにせ、ティータのほうは転生前では有名なお嬢様高校の制服であり、クルルのほうはガチなほうの品があるメイド服。どちらも露出《ろしゅつ》などあろうはずがない。

　だが、だが、それでも……。

「ふうっ、ふうっ、ふうっ、ふうっ」

「ふふふっ、オルクちゃんのアレを見てみなさい！」

「うわっ、すごっ」

「こんなの、見たことないです」

　まじまじと見つめられるのが恥ずかしくて顔を逸《そ》らし、すぐに可愛《かわい》い二人が見たいと視線を戻す。

「その、二人とも、すごく、好みだっ！」

　美少女エルフとブレザー制服、キツネ耳美少女とメイド服。一見、アンマッチに見えて奇跡のマリアージュを果たしていた。

　尊い、尊すぎて死ねる。

　露出の多さがエロさと感じるのは素人《しろうと》だ！

「オルクって、けっこう、変なところあるよね」

「ううう、オルクさんの眼が獣欲にまみれすぎて怖いです」

「はぁはぁはぁ、可愛いよ、ティータ。可愛いよ、クルル。はぁはぁ」

「「普通に気持ち悪い（です）」」

また、ご褒美《ほうび》をもらってしまった。

「じゃあ、二人とも、オルクちゃんのを触ってあげて、これなら、簡単な刺激でも、性欲を解消できるはずよ」

二人がとても嫌そうな顔をして、それでも俺のそばに来てくれた。

ズボンが下げられ、最高潮なオークさんが姿を現す。

「すごっ。いつもより大きいよ」

「怖いです。でも、ちょっとかわいいかも」

二人が、おそるおそるという様子で俺のを撫《な》でていく。

やばい、それだけなのに、凄《すさ》まじい快楽。

「オルク、どう気持ちいい？」

「手だけで、大丈夫ですか？」

「ああ、気持ちいい、気持ちいいが」

……絶頂には足りない。

触られれば、触られるほどむしろもどかしさが増していく。

これはもはや拷問《ごうもん》ではないか？　最高に好みな恰好《かっこう》をした美少女二人にじらしプレイ。

あああああ、神よ、いったい、いったい私が何をしたというのか！

気持ちいいのに、いけない、心が、心が壊れてしまう！

なぜこんな目に遭わなければならない!?

いや、その、幸せだけど！

どうしよう、どうすれば、これ以上の快楽を得られる。

考えろ、考えろ、考えろ。

五人の師匠《せんせい》たちに鍛《きた》えられた俺だ。最後の一秒まで全力を尽くす。ありとあらゆる可能性を探り続ける。その心構えをもらった。

だから、考え続けろ！

刺激に頼らず、さらなる興奮を得る方法を！

シチュでこれほどの興奮をするなら、さらにシチュの強度を上げる。

昔、某《ぼう》掲示板で想像だけでアレに手を触れずに射精したという猛者《もさ》を見たことがある！　俺だって、その領域にたどり着けるはずだ。

「ティータ、俺のことは、今からオルク先輩と呼ぶんだ！」

「えっ、それ、何」

「いいから！」

「うっ、うん、じゃあ、オルク先輩」

「ひゃうっ」

「えっ、オルクのから、透明なねばねばが出てきたよ」

オルク先輩、いいっ、いい、今、ティータは俺のことが大好きな後輩になった。幼馴染《おさななじみ》。

あまり頭が良くないのに無理して偏差値の高い高校に入ってきた後輩。俺のそばにいるためだけに！

でも、やっぱり勉強についていけず落ちこぼれて、勉強を教えてくれと泣きついてきて、二人きりの時間が増えて、一緒に時を過ごすうちに二人の仲は進展し……ついに後輩のティータが告白する。「ずっとお兄ちゃんと思ってたけど、好きになっちゃった。お兄ちゃん、ううん、オルク先輩、好きだよ」その気持ちを俺は受け入れて……。

「うわっ、オルクの目がおかしいよ。焦点合ってない、別の世界にいっちゃったよ」

「たまにあるやつです。気にしたら負けですよ」

はあはあ、設定が止まらない！

俺は、妹も好きだが後輩系幼馴染も大好きなのだ。

「クルル!!」

「はいっ、私はなんて呼べばいいですか？」

クルルは淡々と応える。きっと、自分もティータのように設定を押し付けられることを予測していたのだろう。

「ご主人様と呼べ。できるだけ、敬う感じで、下から、その、じゃっかん怯《おび》えつつ、でも、ちょっと憧れを交ぜて、基本は上目遣いだ」

「注文多いですね!?　わかりましたっ、わかりましたよ。やります、やればいいんでしょう?

ごほんっ、ごっ、ご主人様」

ああああああああああああああああああああああああああ、いい。

俺の注文通り、おどおどして、照れが交じった上目遣い。

設定が、設定が頭を走る。

ドジっ子メイドのクルル。身寄りがなく、俺の屋敷を追い出されると行く場所がない。

この前も、皿を割ってメイド長に怒られて落ち込んで、でも彼女はいじらしくミスを取り戻そうと一生懸命頑張る。そんななか、初めてご主人様である俺と出会う。

俺の前でドジをして、クビにされると怯え、でも、俺は優しくして、メイドクルルはそのギャップで、俺に惚《ほ》れて……俺も俺で、頑張り屋で可愛《かわい》いクルルが気になって、やがて二人は禁断の……クルルが「身分違いだってわかってます。でも、今夜だけは、私を愛してください。これは一夜限りの夢です」と言って、俺は、俺は。

「あっ、あっ、あっ、あっ、(びくんびくん)」

「あっ、また、どっか意識がいっちゃってるね」

「握っている、オークさんのがびくんびくんってしてます」

「はあはあ、やばかった。あと少しでいっちゃうところだったぜ」

俺じゃなきゃ、射精していたね。

「我慢しないでよ！」

「出させるために頑張っているんですよ！」

そうは言われても、こんな機会二度と来るかわからない。あれを、あれをしてもらわないと。

「二人とも、手はもういい、まずティータ！」

「うん、なにかな」

すごい無表情で、ティータが返事をする。もはや悟りの域だ。

「俺にぎりぎりパンツが見えるように体育座りをしてくれ、そして、こう言うんだ『オルク先輩のえっち』。表情は、こう、なんか小悪魔的にからかう感じで」

「あっ、うん、やるよ」

「そして、クルル！」

「はい、もうなんでもやるので、どうぞ」

クルルもけっこう冷たい。

「こう、鼻歌を奏《かな》でながら上機嫌にくるって回って、それから、慌ててスカートを押さえて、『見えちゃいました、ご主人様？』と恥ずかしそうな顔で言ってくれ」

「自分でパンツ見せるようなこととして、それって相当頭おかしな人ですよね!?」

「やってくれ、頼む！」

「わかりました、やりますよ」

そして、二人が俺から離れる。

どちらが先にやるか話し合い、同時にすることになったらしい。

ティータが体育座りをして、無防備に青と白の縞パンを晒《さら》し……さすがリリスだ。抜かりが無さすぎる、クルルが鼻歌を奏《かな》でながらくるりとまわり、スカートがふわっとして黒くてアダルティな下着が見えてしまう。ガーターベルトは標準搭載。

「オルク先輩のえっち」

「みっ、見えちゃいました!?　ご主人様ぁ」

注文通り、ティータは小悪魔的にからかうように、クルルは恥ずかしそうにうぶな様子で。

最高に、最高に好物だ。

「いくうう」

一週間分溜《た》まりに溜まった、俺のオークさんが噴火する。すごい量だ。成人してから一週間も出さなかったことなんてなかったからタンクはもう破裂寸前だったのだ。

信じられないことに、それなりに離れていた、二人にかかる。

二人を俺のが汚す。

それが、最高に可愛《かわい》い二人を汚す光景がさらにたまらなくて……。

「また、いっちゃううううううううううううううううううううう」

第二波を放ってしまう。

そして、その反動の振動で、死ぬほどの……というか、俺じゃなかったら確実に死んでいるほどの痛みが走り、涙とよだれとゲロがこぼれ、白目をむきながら悲鳴を上げる。

その悲鳴のせいで、さらなる痛みが走り、もう痛すぎて、感覚がシャットダウンして、チカチカチカと、確実にやばい何かが脳を蹂躙《じゅうりん》する。

だが、だが、満足だ。

「その、よくわからないけど。オルクが発散できたようだね」

「はいっ、これでやっと恥ずかしい服を着替えられます」

びくんびくんっと虫の息な俺を無視して、タオルで二人が俺のをふき取っていく。

「……オルクちゃん、ものすごく愛されているわね。普通、その、そこまでかっこ悪いところ見せると嫌われるわよ？　その、私でも、気持ち悪いと思ったもの」

「私も気持ち悪いよ」

「はい、今のオルクさんは弁護のしようがないぐらい気持ち悪いです」

二人がとんでもなくひどいことを言う。

「でも、そんなのが気にならないぐらい良いところがあるのがオルクだもん」

「減点法で評価してたら、絶対に好きになってないです……でも、好きになっちゃったので」

二人とも最高だよ。

さすがは俺の嫁。もう、許されるなら、今すぐ押し倒したい。

だけど、そろそろ限界だ。

あまりの痛みで意識が飛ぶ。

ああ、ああ、別の意味で逝《い》く、逝っちゃう、意識が……落ちる。

第一話：年上の彼女は責任を求める

あの夜からさらに一週間後、ようやくベッドから抜け出すことができた。そして、俺は久々に外に出ている。

今は、リリスと二人きりだ。

大事な話をするために、ティータとクルルには留守番を頼んだ。

「オルクちゃん、わかっていると思うけど、本調子とはほど遠いわよ」

「そうだな。なまっているし、壊れている。リハビリ、がんばらないと」

筋肉と骨のほうは、自然治癒《ちゆ》プラス、リリスの献身的かつ超一級品の回復魔術で治った。

軋《きし》んだ魂も、リリスのナイトメアの能力で一応の修復がされている。

「一番深刻なのは、魔力回路ね」

「それはもう、手の施《ほどこ》しようがないからな。……下手したら一生、以前のように魔術を使えなくなる」

だが、致命的なのは魔力回路のほう。

過負荷ではじけ飛んだ魔力回路は自然治癒は期待できない。

サブ回路に魔力を迂回《うかい》させて流すことで、一応魔術を使うことができるが。

「魔術が使えなくなるのは辛《つら》いわね。それを踏まえると」

「……戦闘力は怪我《けが》をする前の三割程度か」

「そうね。それぐらいよ。力に体が適応したから、魔力量そのものや、気や身体能力は四割ぐらい増しているわ。それを考慮して全盛期の三割の力」

それほど俺の戦闘スタイルは魔術に依存している。

魔力を使った身体能力強化すら、今はおぼつかない。

「基礎能力が強化されたのはうれしいが、それはそれで大変なんだよ」

第三段階の力へ体が適応しようとしたことで、魔術回路以外の基礎能力は上がっているが、いきなり四割も力が増せば、今まで体に刻み込んだ動きが使えなくなる。俺は今、俺の体を乗りこなせないだろう。

もともと第一段階解放時に力を存分に振るえるように努力してきたとはいえ、あれだけの力を使えるのは身体能力だけじゃなく、封印解除時の知覚能力の向上及び、魔術的な補助があるからだ。

四割増しの身体能力に慣れるには相応の訓練期間と慣らし運転がいる。

ようするに、俺は弱くなった。

「せめて、私が魔力回路を治してあげられれば良かったんだけど……」

「それができるような人は、一人しか知らない」

「あのお人ね」

別大陸の魔王ですら、尊敬と畏怖《いふ》を覚えるその人物。

それは俺の師匠にして、蒼雷《そうらい》の勇者を超えて人類最強と呼ばれた男。大賢者マリン・エンライト。

「一度、マリン・エンライトに会いに行こうと思う」

……気になっているのは、妖精が言っていた神様からのズルを使わなければ勝てない相手。

おそらくそれは、万全の状態でなおかつ神様からもらったあの力を使わねば話にならない。

速やかに魔力回路を治し力を取り戻さないといけないし、四割増しの力に慣れないといけない。

そのためには、マリン・エンライトの力が必要だ。

「会いに行くのはいいけど、治療を引き受けてくれるの？」

「そこはまあ、頼み込むしかない」

あの人はうちの両親並みに自由な人だ、興味を持ったことか、五人の娘に関すること以外で動かない。

俺の師匠になったのは、母さんの一生に一度のお願いを聞いたからであり、俺の治療をしてくれるかはわからない。

「アドバイスしてあげるわ。あの人の力を借りるなら、あの人本人じゃなくて、娘のほうを狙うべきよ」

「面識があるのか？」

「娘のほうとね。三女のエルフの子、オルフェちゃんの心臓に封印された邪神の力を抑えるために、古代文明の知識と資料を提供したのよ。もし、交渉に困ったら、その時の借りを持ち出してもいいわ」

「いいのか、大賢者への貸しなんて、どんな宝よりも貴重だ」

「いいの。どんな宝よりもオルクちゃんが大事だから」

「……悪い、もし、俺の交渉でどうにもならなかったら、そのときは使わせてもらう」

……知らなかったな。

敵対しあっていたにも拘《かか》わらず、裏ではリリスと大賢者に交流があったのか。

「たしかに、娘を狙うのはいいかもな」

「言っておくけど狙うの意味を間違えないでね。あの人、娘に手を出したり、危害を加えたら、弟子のあなたでも魂の欠片《かけら》すら残らず消滅させられるわよ？」

「良く知っているさ」

なんだかんだ言って付き合いは長い。

マリン・エンライトの五人の娘、その美しさ、そして優秀さは国を越えて聞こえてくる。

長女は医術のスペシャリスト、次女は剣術のスペシャリスト、三女は魔術のスペシャリスト、四女は軍略のスペシャリスト、五女は錬金のスペシャリストで、それぞれ出身も種族も違う養女たち。
すべてを極めたと言われる男から、もっとも適性を持つ分野において英才教育を受けたのだから、その力は絶大。

おそらく、総合力であれば俺は賢者の娘たちを凌駕《りょうが》するが、それぞれの分野では勝てない。

（まあ、面識はあるんだが）

当然、才能豊かな美女たちに興味を持たないはずがなくちょっかいをかけようとして……凄《すさ》まじい地獄を見た、あの親バカは本当に容赦がない。

幸か不幸か、口説く前段階だから良かったが、もし口説いていればどうなっていただろう？

「わかってるならいいわ。オルクちゃんは私のだから、死なれたら困るもの」

そう言いつつ、しなだれかかってくる。

「もう、夕方には帰っちゃうんでしょう」

「ああ、治療を急がないといけないし……向こうに残した仕事もあるからな」

こっちに来て、とんでもないことがあったせいで忘れていたが、商業都市の祝祭が控えている。

オルク商会としてやるべきことが残っている。

「そう、私はここを離れられないわ。だから、しばらくの間お別れね」

「また、必ず会おう」

彼女は魔王であり、そして責任感を持ち合わせている。

封印が解けた後始末、それは彼女以外にできない。

「ぜんぶ終わって、ちゃんと引継ぎを終えたら、そっちに行くから」

「引継ぎって、魔王を辞める気か？」

「もともと、私はシステムとしての魔王じゃなくて、ただの魔物の王様よ。だから、引退しようと思えばできちゃうの。後進に押し付けてね。もう、悩みの種だったご先祖様はいなくなったし。ふふっ、オルクちゃんが私に自由をくれたの」

その言葉に疲れがにじみ出ていた。

数百年、魔王を続けてきた彼女の焦燥《しょうそう》、消耗は常人には想像もできないだろう。

邪神と呼ばれるまでに肥大化した、リリスのご先祖様に対応できるのは自分だけだという使命感から、彼女は魔王として君臨し続けて来た。

「リリスが魔王じゃなく、ただのリリスになるのを待っている」

「そのときは、私の処女をあげるからね。オルクちゃん」

「それは楽しみだ……ああ、だから、あのときはティータとクルルに任せたのか」

俺が寝たきりのとき、真っ先にエッチなことをしそうなリリスは見ているだけだった。

その後もだ。

「だって、夢ではしちゃったけど……現実のほうで最初にオルクちゃんとエッチするの、ロマンチックじゃないと嫌だもの」

ずっと大人びて、お姉さんぶるリリスのあまりにも幼い仕草と表情。

それが、可愛《かわい》らしくて、微笑《ほほえ》ましくて、笑ってしまった。

「ああっ！　オルクちゃんったら、お姉ちゃんを笑うなんて、生意気よ」

「いやっ、だって、本当に可愛かったんだ。処女は、あとでもらうとして。こっちは先にもらっておこう」

俺はリリスを抱き寄せ、口づけをした。

子供のようなキス。そっちのほうがいい気がしたからだ。

彼女を離すと、真っ赤になって、唇を押さえている。

「もしかして、キスも、現実だと初めてだったのか？」

「ええ、ええ、そっ、そうよ」

硬直して、それから、唇を撫《な》でて、舌でぺろりと舐《な》める。

その姿には初々《ういうい》しさと妖艶《ようえん》さが同居していた。

「私の初キスを奪った責任はとってもらうわよ」

「もちろん、そのつもりだ」

俺は責任をとるタイプのオークだ。

やり捨てなどするのはオークの恥。

「うふふっ、大台を超える前に、恋人ができちゃったわね。オルクちゃん、覚悟してね。私は重い女よ」

「安心しろ、俺も重い男だ。好きになった女はぜったいに手放さないし、独占欲も半端ないからな」

二人で笑いあい、それからもう一度キスをした。

俺のところにリリスがやってくるのがたまらなく楽しみだ。

第二話：美食はときに命がけ

リリスと別れたあと、さっそくオークカーを走らせた。運転者は俺ではなくティータとクルルが交代で行う。

オークカーの運転は莫大《ばくだい》な魔力がないと不可能。ましてや海上モードはさらに燃費が悪い。

しかし、二人とも俺と愛し合うことで力を増していたおかげで運転できている。

母体を守るため、子供を産んでも大丈夫なほど強くなるまで力を分け与え強化するエヴォル・オークの力の賜物《たまもの》だ。

「これ、運転するのすっごく楽しいよね！」

「はいっ、気持ちいいです。それに、オルクさんの運転は怖いので、自分で運転したほうが安心です」

「おいっ、それはどういう意味だ」

二人がジト目を向けてくる。

あれ、最近、こういう目向けてくること多くない？

「オルクはすぐに暴走するからね」

「オークトルネードのこと、まだ根に持ってますからね」

オークトルネード、それはとある爆走兄弟の弟のほうのマ○ナムの得意技。コースアウトしてから、回転して空を飛びショートカットする。

それを現実に、人が乗った車でやると死ぬほど悪酔いする。

とくに、キツネ獣人で鋭敏な感覚を持つクルルにとっては地獄だった。

「……いや、その、あれは男のロマンで」

「病人は大人しくしておいてください。私たちで運転しますんで」

「あっ、見て、クルル。なんか、光っている生き物が泳いでるよ。あれなんだろ」

「わからないです。でも、小さくて綺麗っ」

オークカー七つの機能が一つ。オークアクアリウム。床が透明で海の中が見える。

そこにはホタルイカが泳いでいた。

暗くなっていることもあり、発光が鮮やかで美しい。

なるほど、イカという存在自体を知らないのか。

「ホタルイカっていってな、綺麗なだけじゃなく、めちゃくちゃうまい」

「へえ、そうなんだ」

「食べたいですっ！　綺麗で美味《おい》しそう」

クルルの尻尾《しっぽ》がぶるんぶるんと揺れている。

しょうがない。

……リハビリがてらやってみるか。

メインの魔力回路は壊れているので、壊れていない細いサブを使う。

サブの回路は細い上、魔力の通りも悪い。

魔力を流す際に強い違和感がある、術式をくみ上げるとノイズが走り、術が霧散しようとする。

（やはり、サブの回路は生きていても、そのままじゃ使えないか）

ならば、ノイズを計算に組み込む。通す魔力量によってノイズの波形が変化するために、ひどく気を遣う。

それでもなんとか術式が完成する。

「【水流操作】……続いて【風流浮遊】」

ちょうどホタイルカたちが遊泳しているあたりに不自然に水の流れができ、ホタルイカごと押しながし、海面を突き抜ける。

そして、それは水の玉になってぷかぷかと俺たち三人の前に浮かぶ。

……術式の発動にいつもの三倍時間がかかった、しかも真球の形をイメージしたのに、歪《いびつ》。精度も悪い。やはり、今の俺ではこの程度が限界か。

「うわぁ、きれい」

「目の前で、水の水槽の中に、きらきらのホタルイカがいて、幻想的です」

二人は、その術式の不出来は気にならなかったようで、きらきらした目で、水球に閉じ込められたホタルイカを眺めている。

もう一つ魔術を使う。今度は解析魔術。……よし、寄生虫はいないな。

「一番、うまいホタルイカの食べ方は踊り食いだ。こうして、生きた奴を摘《つま》んで、そのまま食べる」

ぷりっぷりとした食感、そして口の中に吸い付く官能的な舌触り。

最初は海水の塩気と身の甘さを感じ、嚙《か》み切ると内臓の濃厚な旨味《うまみ》が溢《あふ》れる。

当然、今の今まで生きていただけあって新鮮そのもの。

命を食べている感覚。

ホタルイカの踊り食いは最高の贅沢《ぜいたく》の一つ。

「ちょっと、残酷だね。こんなに綺麗なのに」

「でも、美味《おい》しそうです。新鮮な魚の美味しさは、もう知っちゃいましたからね」

最初に手を付けたのはクルルだ。

躊躇《ためら》わず口に入れて、咀嚼《そしやく》し……。

「これっ、ものすごく美味しいです！　お魚より好きです」

「えっと、じゃあ、私もいくね……あっ、本当だ。美味しい、この食感、面白いね」

二人とも気に入ってくれたようだ。

そして、もったいないと言いながらも、次々に水球のホタルイカを食べていき、水球の中を空っぽにしてしまう。

俺は指を鳴らし、水球をオークカーの外まで運んで魔力を解くと、水球はただの水になり海へ流れていく。

(きっついな。魔術の出来もひどいが、疲労も半端ない。たかだか数分の維持で限界か)

万全な体調なら、一時間は余裕で制御できるのに。

「美味《おい》しかったです。これ、浅瀬でも捕れないんですか？　戻ってからも食べたいです」

「ホタルイカは、時折浅瀬に押し寄せると聞いたことがあるな」

「なら、帰ってからも食べられるってことですね！」

クルルは本当に気に入ったようで、キツネ耳をぴんと伸ばしている。逆にティータのほうはそこまでといった感じだ。

「だが、俺がいないときに生で食べるのは止《や》めたほうがいい」

「どうしてですか？」

「ホタルイカには寄生虫が居る場合があって、そいつを食べると腹の中からかじられたり、失明したり、病気になったりと、割りと洒落《しゃれ》にならない」

ホタルイカの踊り食いはとてもうまい。

美食家にも好まれている。

しかし、食べるには相応のリスクがある。それが寄生虫。毎年、ホタルイカの寄生虫によって健康被害が出ている。それでもその美味しさを知るものは、リスク覚悟で踊り食いをする。

「そんなものを食べさせたんですか!?」

「ちゃんと、魔力でソナーを打ち込んで異物がないか調べてる。ちなみに、寄生虫が入っている可能性は２％だ」

「私、今日二十四は食べちゃいましたよ!?　えっと、その場合、99％当たっちゃうじゃないですか!?」

確率計算を教えていた成果がでている。クルルは頭がいいし、実生活に応用する柔軟さがある。

「まあ、オルクがいないときは食べなきゃいいだけだからね。だいたい、一緒にいるから大丈夫だよ」

「そうですね。ずっと一緒ですから」

クルルが落ち着いて、再び運転に戻る。

「そんなに気に入ったなら、お土産《みやげ》用に適当に捕まえておくさ。寄生虫のないイカだけ水槽に入れて……二日、三日は持つだろう」

「ぜひ、お願いします！」

俺ももう少し食べたいし、魔術のリハビリにもなる。

少し休んで疲れがとれたら、また魔術を使おう。

次は土属性の魔術を試してみようか。水槽をイメージ通りの形に造れるかどうかは、ちょうどいい試金石になるだろう。

第三話：オークさんはエッチができない！　こともない

海の旅を終えて、商業都市にある俺の屋敷に戻ったのは深夜になってから。

体調が良くなったこともあり、二人と愛し合いたかったところだが、交代でオークカーを運転していた二人は疲れ果てていて、拒否された。

リリスの城で寝込んでいる間、体調が良くなるにつれて二人は献身的に手や口でいろいろと致してくれたことにはとても感謝している。

だけど、どうしても体に負荷がかかるセックスはできていない。

おかげで欲求不満が爆発しそうな俺にとっては、ここでのお預けは辛《つら》いものだったのだ。

かといって、ここまで我慢したのだから一気に解き放って最高の快楽を得たい……寂しく一人オークなんてもったいなくてできないのだ。

「チュンチュン」

一睡もできないまま、朝が来てしまった。小鳥たちの囀《さえず》りが聞こえてくる。

性欲が限界を超えると眠気が吹き飛ぶらしい。

だが、だが、そろそろティータとクルルが起きる。

「ふはははははははははは！」

朝から、可愛《かわい》いエルフと子ギツネちゃんをハイエースしてダンケダンケしてやるぜ！

そんなことを考えていたら、来客だ。

こんな早朝に。

俺はドアを乱暴に開ける。

「あのさ、今、何時かわかる？　常識考えろよ。ＫＡＥＲＥ！」

社交的なオークな俺だが、さすがに攻撃的になってしまう。

扉を閉めようとすると足を挟まれた。

押し売り営業か？

「もっ、申し訳ございません。話を聞いてください！　早朝に迷惑だとは思いますが、その、我が主、ザナリック様から、屋敷を見張り、オルク様が戻って来次第、至急に呼び出すようにと命じられておりまして」

ザナリックさんが相手なら無視できないな。

というか屋敷を見張りと言ってるくせに、深夜は家に帰ってたのか。その程度の覚悟で、俺のダンケダンケを邪魔《じゃま》するとかもう、これはもう友愛するしか……。

「痛っ」

「オルク、なに怖い顔してるの」

いつの間にかやってきたティータに頭をはたかれた。

「そんな顔してたか？」

「してたよ。ほら、ザナリック商会の人、怯《おび》えているじゃない」

言われてみると、なぜか尻餅《しりもち》をついて歯をガタガタと言わせていた。

「すまない、ほら、あれだよ。オー……げふんっ、げふんっ、俺の愛を邪魔するのはライオンの食事を邪魔するようなものだ」

危ない危ない。幻惑のイヤリングで人間に偽装しているのを忘れて、オークと言いかけてしまった。

「予定よりだいぶ帰ってくるのが遅れたのは、オルクのほうでしょ。怒っちゃだめだよ」

「ああ、すまん、ちょっと時間をくれ」

深呼吸、ヒッ・ヒッ・フー、ヒッ・ヒッ・フー。

よし、落ち着いた。

「悪かった。すぐに身支度《みじたく》をしよう。三十秒で支度する」

「早いよね!?　オルク、今、寝間着だよっ」

「そんなことで、天空の城が見つかると思うのか!?」

「やっぱり、調子おかしいよね！」

調子のおかしさは否めない。

なにせ、禁欲中のオークはフルマラソン参加中の本マグロみたいなものだからな！

◇

三十秒ではなく十五分かけて、身支度《みじたく》を整えた俺とティータは商談用のフォーマルな格好になり、ザナリックの使いについていく。

「あの、オルク様、ずいぶん、すっきり、というかおだやかな顔に」

「ああ、シャワーを浴びたらすっきりしたよ」

「逆にティータ様は、その、ぐったりしたというか、朝から元気がない様子」

「……油断していたよ。我慢してたオルクを一人で、受け止めようなんて、無謀だったよ」

ティータは俺の不調に気付いており、シャワーを浴びていると少しだけだよっと言いながら、顔を赤らめて入ってきてくれた。

俺は感動のあまり、上からも下からも涙を流しつつ、オークまっしぐらで念願のダンケダンケ。身も心もすっきりしたというわけだ。

「ティータ、愛してるよ」

「……うん、その、気持ちは、うれしいよ」

ティータは疲れのせいか歯切れが悪い。

反省だ。

まさか、基礎能力が上がった際に性欲まで上がっていたとは。

もっと紳士的なオークにならないと。

◇

応接間に案内される。

ザナリックが深刻な顔をして、俺を迎えた。

少々身構えてしまう。

ザナリックほどの男を追い込む事態、ただごとではない。

考えうるのは……。

「貿易絡《がら》みでトラブルか？　まさか、砂糖の規制がもう始まったのか！」

ザナリック商会と提携している砂糖事業が、貿易の妨げになると問題視されており、砂糖に代わる収益性が高い商品の開拓と、貿易のリスクを軽減するため保険業の開業。その二つを俺が提案し、ザナリックが実現しようとしていた。

目下、最大の目的はそれだった。

「いえ、そちらは問題がなく進んでます。徹底的に貿易品の市場価値を、他の主要都市を含めて検証した結果、厳しいですが砂糖なしでも黒字が出せそうだとわかりました。さらに商業組合に保険の草案を出したところ、多くの賛同が得られ、専門家により細かなルールの制定が行われております。来月にも施行され、貿易は再び活性化するでしょう。領主にも理解をいただきましたよ」

　順調じゃないか。

　俺はポシェットからスパイスを取り出す。

「なるほど、じゃあ、この土産《みやげ》で完璧だな。オルクのメンチカツにつかっていたスパイスがこいつだ。この資料にまとめてあるのがこのスパイスを取り扱っている海外の街で、そこまでの安全な海路だ。向こうの領主にも話をつけてある」

　俺がリリスのところに向かったのはもともとスパイスという収益性が高い貿易品を見つけるため。

　スパイスは嵩張《かさば》らず、長期保管ができて、市場価値が高いと、まさに貿易品に必要なすべてを備えたものだ。

「ほうっ、どれどれ……素晴らしい！　この海路が本当に安全で、これらのスパイスが手に入るなら莫大《ばくだい》な利益が入る！　って、そうではありません。呼び出したのは別の案件です。もっと火急の用件があるのですよ」

　いったいなんだろう。

　砂糖でも、貿易の話でもないとなると、俺とザナリックの間にそんな火種になりかねないものなんて思い浮かばない。

「なんでしたっけ？」

「祭りですよ、祝祭のポスターをオルク商会は押し付けられたでしょう！　あと二週間以内に二千枚のポスターを仕上げなければならないのに、オルク商会は、街のどの工房にも依頼していない！　このままでは間に合いませんよ！　できなかったではすまないのです。いいですか、商業組合に嫌われ、排斥されれば、この街で商売などできなくなる。私としても、オルク商会に去られては困るのですっ」

「ああ、それか」

「この街の工房には、オルク商会を妬《ねた》む連中の圧力がかかっていますが、ザナリック商会ならば、他の街の工房に伝手《つて》があります。今から、私が全力で動き、複数の街の工房に分散して依頼すれば間に合わせることができる。意地を張るのはおやめなさい。できないと言うことも勇気ですよ」

なるほど、そういうことか。

ザナリックは俺のことを心配している。それと同時に恩を売ろうとしている。

なにせ、本当に俺のことを善意だけで心配しているのなら、すでに動いているはずだ。

俺に協力を依頼させてからしか動かないのは、これが善意ではなく取引である証拠。

なかなかに俺のことを評価しているようだ。彼が言うように、複数の街の工房に分散して依頼などをするのは、いかにザナリック商会とて容易《たやす》いことではない。莫大な金と借り手間が必要。そこまでして恩を売ってもいい相手と考えてもらえている。

だが、しかし……。

「おや、私は言ったはずですよ。ポスターをきっちり期日までに仕上げると。いろいろとオルク商会ならではのとっておきがあります」

「ですが、オルク殿は不在で、どこの工房にも依頼した形跡はないのですよ」

「それは、うちの商会のバイトの子にやってもらいましたからね」

「馬鹿な、印刷機は極めて高価だし、そもそも伝手《つて》がないと手に入るものではなく、印刷には熟練の技をもった職人が必要だ。商会のバイトになどできるはずがない」

彼の言う通り、今の技術水準で作られている印刷機はうまく刷るには何年もの修行が必要。紙とインクの質が悪いし、印刷機自体がお粗末。

だが、俺が基礎設計をし、クルルが作り上げた、人類最古のカラー印刷機、錦絵《にしきえ》の改良版なら誰が使っても同じ質で作品が作れる。

「ちょうどいい。実はこの打ち合わせが終われば、サンプルを商業組合に届けようと思っていたのでポスターの実物があるのですよ。お見せしましょう」

俺は出発前に、商会の部下たちに指示を出しておき、しっかりと二千枚完成しているのを確認している。

その完成品を広げる。

サンプルとして提出が必要なのは二十枚なので、それなりに分厚い束だ。

「これは、なんと鮮やかな、まるで絵画ではないですか。このようなもの、印刷するなんて不可能だ、一枚一枚手書きで、いったいどれだけの数の職人と、どれだけの年月がかかるのか……」

「二十枚あります、見てください」

ザナリックが目の色を変える。

そして、次々にポスターの束をめくっていく。

「ありえない、多少の色合いの違いがあれど、すべて同一、手描きではありえない、色のついた、印刷、そんなこと、できるはずがない、できるはずがないが……信じざるを得ない」

「ええ、できました。うちの工房に誰でもカラーで印刷できる、そういう機械を作ったのです。私の不在時にみんながんばって、予備を含めて二千百枚、もう仕上がっています。あとは配布するだけです」

呆《あき》れたように、ザナリックが大きく息を吐いた。

「……まったく、いつもオルク殿には驚かされる。その色があり、熟練の技が要らない印刷機、売っていただくわけには？　実物でもいいですし、設計図をつけていただくのなら、五十倍の値をつけましょう」

俺はゆっくりと首を振る。

「なるほど、それだけの品だ。出し惜しみをするというわけですな」

「いえ、時間がなかったので、まだ世に出せるような品質ではないのです。いつか納得のいくまで改良したいのですが……他にもやることは山積みで、いつ完成するかわからない。そんなものを売るとは約束はできません」

今回のカラー印刷機は実はまだ課題が多い。

ザナリックもさきほど指摘したが、実は色合いにばらつきがでているし、文字も許容範囲内であるが若干つぶれている。

まだまだ改良が必要。

とりあえず、最低限の品質で祭りに間に合わせただけに過ぎない。

「……これだけ鮮やかな色のついた印刷が、たかだか商会のバイト風情に作れる機械が未完成。ふはははっ、まったく、オルク殿はこれだから」

「いつか完成したときは、また商談をさせてください」

「もちろんですとも。ふう、とにかく目途《めど》が立っていて安心しましたよ。商業組合の老害どもの顔を見るのが楽しみだ」

「俺もです」

クルルの修行も兼ねていたとは言え、度肝を抜くためにわざわざ白黒ではなく難しいカラー印刷機なんてものを作ったのだから。

「では、せっかくですし。貿易の話をしましょう。オルク殿の見つけた航路、どのような値段をつけますか？」

「これで儲《もう》けるつもりはありませんよ。あくまで貿易の活性化のために見つけた航路ですから」

「……いいのですか？　航路をただで売る商人など聞いたことがない」

「貿易が活性化すれば、いくらでも商機を見つけられます。今は、領主様を安心させ、商人たちの尻を叩《たた》くのが先決。……そうですね、強《し》いて言うなら、私は恩を売った。航路を広める相手はザナリック様に任せます」

「いいでしょう。正しく、その価値がわかり、道義を知るものだけに伝えるとしましょう」

商人の世界は、数字以上に、恩義を重要視する。そこに背を向ければ、この世界から追い出されるようになっているのだ。

ザナリックの眼にかなった相手なら、いずれ必ず俺の力になってくれる。それも、金ではけして手に入らない。そういう形の助けになるだろう。

「打ち合わせはこれで終わりでいいでしょうか？」

「ええ、オルク殿、また次の定例会議で。砂糖に関して朗報を告げられそうですよ」

「それはありがたい」

「それと……祝祭を楽しみにしておいてください。我がザナリック商会も多数の出店をしますからね。それもうちでしか実現できない、そんな出し物を。最高の祭りにしてみせましょう」

……祭り、出店。

ああ、そういえば店が出せるのか。

この国最大規模の祝祭。それに店を出すなんて絶対に楽しいじゃないか。俺も店を出したい。こういうイベントは大好きなのだ。

だが、治療とリハビリが優先か。

とにかく、淡々とやるべきことをしよう。

商業組合にサンプルを届けて、それからティータが契約してくれた大工のところにポスターを預けて配布を任せてしまえば祭りの準備は完了だ。

第四話：将を射んとする者はまず馬を射よ

商業組合に行き、サンプルを届けたあと、ポスターの配布を依頼していた大工のところに顔を出した。

そして、無事帰宅してクルルを含めて遅めの昼食を食べている。

「すっきりしたね。オルクが作ったポスターを見た、いじわるそうなおじさんたちの顔」

「部屋に入るなり、好き勝手嫌味を言ってくれたからな」

商業組合では、おまえらわざとやってるのかと言いたくなるほどテンプレな嫌味を言われた。

初めからわかっていたが、やはり新参者の成功が妬《ねた》ましいらしい。

「へえ、そうなんですか。私も見たかったです。なにせ、カラー印刷機を作ったのは私ですからね」

クルルがキツネ耳をピンと立ててどや顔をした。

彼女にはそれをするだけの資格がある。

口元には、パンのカスがついていて締まらないあたりがクルルらしい。

「お疲れ様。で、あとで大工連中がポスターを取りに来る予定だ」

「あっ、それなら、さっき来たので引き渡しておきました。これがサインです」

「ありがとう。いや、待て、これは……まさか、ここまでするのか？」

頭が痛くなってきた。

新参者が気に入らないのはわかっていたが、さすがにこれは想定外だった。

「あっ、あの、私、何かしてしまいましたか？」

「このサイン……ポスターを取りに来たのは、おそらく偽者だ。クルルが悪いわけじゃない。気づけというほうが酷《こく》だろう」

「なんでわかるんですか!?」

「俺たちと契約した大工は西方の街に本店がある支店なんだ。それも最近、できたばかりで職人も全員、西の出身者だと聞いている。だが、この文字の崩し方はこの街に長くいるもの特有の癖……確認してみるが、十中八九、偽者だろう」

クルルの顔が青くなっていく。

「そんなっ、ごめんなさい、せっかく、用意したポスターだったのに」

「言っただろう。クルルは悪くない……まあ、刷り直せばいいんじゃないかな」

「犯人を捕まえて、取り返したりしないんですか？」

「犯人の特定は、コネがある情報屋に依頼するとして、取り返すのは諦《あきら》めている」

「うん、そうだよね。もう、きっと捨てられてる」

クルルはわかっていないが、ティータは商人としての教育のさなか、いろいろと汚いところも教えてきたので想像できるようだ。

「単純に、嵩張《かさば》って邪魔《じゃま》だし、証拠になる。早々と燃やすなりして処分するはずだ。ポスターの奪還は諦めて、さっさと二千枚刷り直したほうが早い」

大工たちと約束した期日は、三日後。

三日で二千枚というのは相当厳しい。なにせ、一日で六百枚刷らないといけない。一枚あたり五分はかかるし、三台しか印刷機は作っていない。

一時間で十枚×三で三十枚。十時間稼働して、一日三百枚。これではぜんぜん間に合わない。

「とりあえず、最初の二千を作ってくれたバイト全員に声をかけて、交代制にして二十四時間やってもらう。それで、俺とクルルは印刷機の増産。あと二台を今日中に作ればぎりぎり間に合うはずだ」

日中だけなら三百枚でも、二十四時間やれば六百枚。そして、それプラス印刷機の数が増えれば、かなり厳しいが間に合う公算だ。

「今すぐ作りますっ」

「時間との戦いだ、がんばろう！　ティータは大工のところへ行って事実確認、それからインクと紙の発注、ザナリック商会ならすぐに揃《そろ》えられるはずだ。俺はさっそくオルク商会のほうへ顔を出してバイトを集める。クルルは印刷機の増設に取り掛かってくれ」

「「はいっ」」

さて、とりあえずせめてもの救いがポスターを奪われたのが今日だということ。

二人に緊張感を持たせるために言わなかったが、別にすべてのポスターが三日後に必要なわけじゃない。

配布と設置に時間がかかる、遠方の街に使うものをとりあえず三日後に納品。

近隣のものは後日という形もとれるはずだ。

大工の連中だって、一度に全部のポスターをばらまけるわけじゃないし、トラブルを見越してある程度余裕をもった作業スケジュールのはず。数日なら待ってもらえるだろう。

なんなら、配布だけなら別の業者に頼み人手を増やして短期間で行うという方法もある。

……と、実はそれなりに余裕はあったりする。

ただまあ、オルク商会のイメージのために契約通りに、スマートに履行したい。

結局、商売というのは信頼。あの商会は納期にルーズだなんて悪評が広まれば、後々仕事がやりづらくなる。

(今は、ポスターの再印刷が最優先だが……必ず、嫌がらせの犯人を見つけて、報《むく》いを受けさせてやる)

余計な仕事が増え、無駄な出費がかかったことだけを怒っているわけじゃない。

二千枚のポスターを作るため、オルク商会のみんなが必死に頑張ってくれた。俺は刷り上がったすべてのポスターを見ている、あの精度の機械で多少の色合いの違いで済んだのは丁寧《ていねい》に根気よく仕事をしてくれたからだ。

その想いを踏みにじった。

それが許せない。

商人なら、商人らしく、商売で戦えばいいものを。

俺は唇を噛《か》み、それからやるべきことをやり始めた。

◇

三日後、大工との約束の期日になった。

やはり、俺が危惧《きぐ》したとおり、ポスターを取りに来た相手は偽者で、刷り直しが必要になった。

昨日、それまでに刷り上がった分を届けており、先方はこれだけの枚数があれば、動ける。残りは数日なら待てると言ってくれたが、それでも俺たちは間に合わせるため、全力で対応し続けた。

そして……。

「こっちの山、全部検品ＯＫだよ」

「こっちも大丈夫です！」

刷り上がったポスターの山の最終チェックが終わる。いくら急いでいるからといって、不良品が交じってはだめだ。時間がなくとも、品質確認は行ってきた。

「ぎりぎり間に合ったな」

「やっぱり、二台印刷機が追加されたのが大きかったね」

「途中で紙が足りなくなったときは、もうだめかと思いました」

「……オルクがその場で作っちゃったもんね、紙」

実は、ポスター用の紙が何者かに買い占められており、ザナリック商会の力を借りても必要な枚数が足りなくなった。

それも嫌がらせだろう。

「まあ、何はともあれ間に合って、良かったよ。ほら、噂をすればなんとやらだ」

オルク商会に来訪者、ティータが契約した大工が残りのポスターを取りに来た。

腕がティータの胴回りぐらいあるんじゃないかと思われる大男。

クルルが疑わしげに見る。

「今度は偽者じゃないですよね」

そんなクルルを見て、ティータが苦笑して口を開く。

「大丈夫だよ。だって、親方さんだし」

それを受けて、大男が笑う。

「オルク商会さん、大変だったねぇ。事情が事情だけに、僕が直接取りに来たんだよ」

その風貌《ふうぼう》からは想像もできないほど穏やかな声だ。

「感謝する……検品してくれ」

「あいよ。おまえら、数えるぞ」

手際よく、ポスターの一枚一枚の品質を確認しつつ、枚数を数え、梱包《こんぽう》する。

俺たちがやるよりも早く、正確なのは本職だからだろう。

「よしっ、ちゃんと約束通り数がある、不良品はなし。あとは僕らの仕事だ。任せておけ」

「嫌がらせには注意してくれ。そっちも狙われないとは限らない」

「ああ、それはないよ。うちって新参者だけど、本店はザナリドの重鎮《じゆうちん》だからね。ザナリドって街一つ敵に回して商売できるなんて思う間抜けなんていないよ」

たしかにそれはそうだ。

逆に言えば、今回のことはオルク商会がまだまだ舐《な》められているということ。

これは由々《ゆゆ》しき事態だ。

「心強いな」

「じゃあ、僕らは行くよ。祭り、店を出すんだろう。新鋭のオルク商会の出す店、楽しみにしてるよ」

俺はあいまいな笑顔を返しておく。

出店したいが、そうするだけの余裕がないのだ。

彼を見送る。これでようやく安心できる。

「はぁ、ようやく終わったねー」

「疲れました、本当に心臓に悪いです」

二人とも座り込む。

いろいろと頑張ってくれた。

せめて、新鮮な風で気分転換しようと窓を開けると、鳥が中に入ってきた。

一羽は伝書鳩《でんしょばと》で、もう一羽は金の体毛を持つ鷲《わし》の魔物だ。

両方とも、足に手紙を括《くく》り付けていた。

まずは普通の伝書鳩から。

「情報屋からか。ふむ……やはり、嫌がらせは老害連中か」

「そうだったんだね」

「卑怯《ひきよう》です！」

さすがは高い金を払っているだけあって、いい仕事をしてくれる。彼とは年間契約をしていて普段は、俺が気に入る美少女の情報を世界中から探してくれている。

その彼の稼働を使った以上、その間美少女探しができていないということだ。

老害、許すまじ。

「もう一つは」

「そっちの子はものすごく立派だね」

「魔物だからな、それもかなり上級の。この街で、こいつに狙われて生き延びられる奴なんて、百人いないんじゃないかな?」

「めちゃくちゃ危ないじゃないですか！　とんでもない魔力を帯びているはずですよっ」

「まあ、もともと魔族同士が種族ごとに覇権を争う戦国時代、確実に手紙を届けるために品種改良された魔物。これぐらい強くて、音速の二倍で高高度を飛行できないと話にならない」

あの時代は世紀末もいいところ。これぐらいの化物でないと手紙の輸送を任せられない。

「そんなの、誰あてに使ってたの?」

「大賢者、マリン・エンライト宛《あて》だ。魔力回路の治療を頼んでいてね」

中身を開く。

極めて、短い返事が書かれていた。

『忙しい、自分でなんとかしろ』

後ろから覗《のぞ》き込んでいた、ティータとクルルが驚きと呆《あき》れが混じった顔をする。

「けっこう、冷たい人だね」

「オルクさんって、弟子なのにひどくないですか?」

「いや、この人の場合、楽するな、自分でなんとかしろ。教えた技術でなんとかできるはずだ……っていうのを言っているんだ」

「よくわかるね？」

「長い付き合いだし、優しくて厳しい人だって知っているからな。とはいえ、今回だけは、俺の成長より、早さが欲しい」

精霊王の力を借りなければ、確実に負ける相手なんてものが控えているのだから。

「どうしましょう……大賢者以外に治せないんですよね」

「ああ、だから、彼の弱点を突く。手紙は、一枚じゃないだろう？」

そう、金鷲《きんわし》の魔物の足にはもう一枚手紙が付いていた。

「それは誰からですか？」

「大賢者から錬金術を受け継いだ、【錬金】のエンライト、ニコラ・エンライト。ドワーフの少女だよ」

「うっ、なんか、対抗意識がめらめらと湧き上がります」

微苦笑する。現時点では、クルルはニコラ・エンライトの足元にも及ばない。なにせ、大賢者に錬金という分野だけなら匹敵する。

その彼女からの手紙を読む。

「よし、大賢者マリン・エンライトが祭りにくるみたいだな」

「どうして？」

「ニコラは文通相手でね、そんなニコラに、世界最大規模、世界中から珍品、名品が集まる最高の祭りがあると吹き込んだ。そうなれば、ニコラは姉妹を焚《た》きつける。マリン・エンライトは五人の娘たちには甘い。おねだりされれば、あの大賢者も重い腰を上げるというわけだ」

ニコラは錬金術師だけあって、科学と化学両方に興味がある。まっとうな鍛冶《かじ》と錬金術であれば、俺は彼女に劣《おと》る。

だが、転生前の世界、そこにある発想がある。それはこの世界にある技術のまっとうな発展ではたどり着けない、彼女にとっては何よりの宝。ニコラの知識欲を刺激し、文通相手に納まることができた。

文通相手になったのは、彼女を落とすため……というわけではなく、純粋に彼女のもつ大賢者譲《ゆず》りの錬金術、その知識が欲しかった。

「けっこう、やり方えげつないよね」

「オルクさんらしいといえばらしいです。というか、その、オルクさん、ニコラさんに気があるんですか。女の子として」

「……正直、興味はある、興味はあるんだが、なんというか、お互い、技術者というか、研究者というか、そういうシンパシーがあって、男女の関係は違うかなと」

そう、錬金術目的に近づいて、そっちに熱中したせいで、もう俺の中でそういう立ち位置に納まっていた。

「あれ、親バカの大賢者さんが怖いって理由じゃないんですね」

「それだけなら、俺は命がけで大賢者を説得しようとあがいたさ。困難があればあるほど燃えるからな！」

「たしかに、そうだよね」

「ティータさんのときも、私のときも、本当に命がけでしたからね。大賢者にだって、本気なら挑みます」

「そういうことだ。そういう気持ちになれないのに、手を出そうとするのは失礼だろう。彼女とは友達だよ……まあ、大賢者はそう思うかはわからないが……【風の羽衣】」

バイパスを使って、なんとか魔術を完成させる。俺たち三人を風の守りが包む。俺の得意魔術【風盾鎧走】を守りだけに特化することで単純化した魔術。

その次の瞬間、影が窓を突き破った。

そのあとに、衝撃波が発生し、部屋がズタボロになる。

音速をはるかに超えた何かによるソニックブーム。

その何かが俺の前で翼を広げる。

「オルクさんの金の鷲《わし》よりも、大きくて、その魔力もすごいです」

「あはは、これ、その、怖いよ」

二人が完全に怯《おび》えている。

無理もない、金の鷲はこの街で有数の実力者と同格の魔物だったが、こいつはそれらが束になっても勝てるかどうかわからない。街一つ滅ぼせる類《たぐ》いの魔物。

だが、その足には手紙を括《くく》り付けており、さっさと取れとばかりに足を俺に向けてくる。

「オルク、もしかして、これって」

「大賢者の使い魔だ。大賢者自身が作り上げた、ホムンクルス……鷲《わし》でもホムンクルスって言っていいのかは知らないが、そういう生き物だ」

「信じられないです。こんな、とんでもないの」

「あの人、これと同格の使い魔を百匹単位で保有してる」

二人が絶句した。

街を一匹で滅ぼせる魔物を百体。彼一人で、大国の軍事力に匹敵する。一騎当千なんて言葉が陳腐《ちんぷ》にすら思える。

そんな化物からの手紙を読み上げていく。

「ふむ、娘がせがむから祭りにいく。娘に手を出したら殺す。限定スイーツは人数分だけじゃなく、土産《みやげ》も用意しておけ。それが治療する条件だ」

「あの、限定スイーツってなんなのかな?」

「俺の出す店で、ここでしか食べられない世界一の限定デザートを出す。大賢者が俺を治療してくれるなら、取り置きするとニコラ宛《あて》の手紙に書いてたんだ……で、大賢者は娘に強請《ゆす》られて、折れたと」

「世界を簡単に滅ぼせそうな人が、娘のおねだりで意見変えたんですか⁉」

「あの人の唯一の弱点がそれだ」

将を射るなら、まず馬から。

作戦は成功。

そして、これで俺が出店する理由ができた。

ここで大賢者に断られたら、治療に専念する必要があり、出店している暇なんてなかっただろう。


「というわけで、今から、世界一のデザートを開発するとしようか」

「……オルクって、けっこう命知らずだよね。まだ、何も考えないのに、世界一のデザートって言っちゃったの？」

「そのデザートできなかったら、たぶん殺されますよ。娘をがっかりさせたなって」

知っているさ。

さてと、こちらの世界では絶対にありえない。そんな菓子を作ろう。

……そうだな、あれがいい。

あれができたのは二十世紀になってから、最新で最強の菓子。おそらく、この世界ではそれに繋《つな》がる発想すら存在しないだろう。

第五話：本日の特選素材！

俺の魔力回路を治療するためにも、大賢者とその娘たちを満足させるデザートを作り、出店しないといけない。

「大賢者っていうぐらいだから、もしかして料理とかお菓子作りとかも詳しいのかな？」

「たぶん、そうだろうな。あの人、文字通りなんでも知っている人だから」

「そんな人を驚かす、お菓子なんてできるんですか!?」

「一つだけ心当たりがある。さて、じゃあ、でかけるとしようか」

俺は手早く荷物をまとめる。

あそこに行くのは久しぶりだ。

◇

街を出て、オークカーで百キロほど先の山にまでやってきて、さらに山を登っていく。

「なんで、こんな離れたところまで」

「いったい、こんなところに何があるんですか」

「俺が経営している牧場だ」

俺たちがわざわざやってきたのは、俺の所持している牧場。

広々としており、牧草が生い茂っている。

牛が自由気ままに寝転がっており、のどかな風景だ。

「近くにも山があるのに、なんでここまで」

「水質と気候を考えるとここしかなかった。美味《おい》しい水が潤沢にないと牛のストレスになる。

それに、この牧草も特別なもので、こいつが育つような条件に合うのがここだった」

何も好き好んでわざわざ遠い土地を買ったわけじゃない。

牛の世話をしている従業員に手を振ると、こちらにやってきた。

「オーナー、生育は順調ですよ」

オーナーとは俺のことだ。

「そいつはよかった。今日は乳がほしい」

「では、一番、それぞれ一番いい乳を用意しますよ」

頭をさげて、従業員が小走りで去って行った。

この牧場ではおおよそ二十人ほど働いている。

「あの、オルク、このあたりって街とか村とかないはずだよね」

「ちゃんとこのあたりの地理を覚えていて偉いな。よく勉強してる」

「この人たちどこから、通ってるの？」

「村がなかったから、村を作って、インフラを整え、農地を用意して、相応の金額を提示した上で移民を募った。案外、希望者が多くて、すぐに定員になったな。全員がここで働いてるわけじゃなくて、普通に畑を作ったり、まあ、いろいろと頑張ってる」

「そこまでして牧場を作ったの!?」

「……オルクさんて、やるとなったら極端ですよね。牧場作るためだけに村まで作るなんて、でも、そんなことして領主様に怒られないんですか」

「そのあたりもしっかりと根回ししているさ。まあ、金とコネがあれば、大抵のことはなんとかなる」

　俺は牛乳も牛肉も大好きだ。

　それらを手に入れるためなら労力を惜しまない。

　それに今は赤字だが、将来的に黒字になる見込みもある。

「牛が二種類いるのもオルクのこだわりかな?」

「もちろん。実は乳がうまくて量が多い牛と、肉がうまい牛は違う。だから、二種類の牛を育ててるんだ」

「徹底的ですよね。でも、牛の乳とか、牛の肉とか、ほとんど街じゃ見かけないです。本当に美味《おい》しいんですか?」

　商業都市で乳といえば、ほとんどが羊や山羊のものを指すし、肉といえばそれに鳥と豚が加わる。

「うまいぞ。牛は肉の王様と言っていい。育てられないのは、単に高くつくからだな」

「どういうことですか？」

「牛は数を増やしにくい。羊だと一度に二〜三頭生まれるし、豚だと一度に十頭ほど一気に産む。だけど牛は一度に一頭だけ。そもそも豚や羊は年に二回は出産できるが牛は年に一回がせいぜい……しかも牛は出産できるまで二年がかかるおまけつきだ」

「たしかに、育てる気になりませんね。ぜんぜん、数が増えなくてお肉にしにくいです」

こちらの世界では、魔物が蔓延《はびこ》っているし、衛生面が悪く、医療技術も低い、つまりは畜産物が死にやすい。

そんな中、一年に一頭しか産まない上に、子供が産めるようになるまで早くて二年もかかる牛は、育てるためのリスクが異様に高い。というか、ほとんど不可能に近い。大抵は魔物に食い殺されるか、病気か怪我《けが》が原因で、数が減っていき、やがて破綻《はたん》する。

「ほかにも問題があるな、とにかく牛は良く食うし、成長が遅い。豚や羊の肉を一キロ作るのに、だいたい草は三キロ必要だが、牛の場合は十キロから十二キロ、だいたい四倍だ。ここみたいに潤沢に牧草がないとだめだ。数は増えない、肉にするのにかかる餌《えさ》と手間と時間は数倍……まあ、普通に誰も育てないな」

中世、牛というのは主に農作業の補助、重機がわりに使われており、ついでに乳を搾る。働けなくなったら肉にする。そういう扱いをされていた。

牛の乳や肉だけを目的に育てるようになったのは近世になってから。贅沢《ぜいたく》をする余裕ができてからの話であり、こちらの世界でそういう贅沢をできるのはごく一部。

そして、悲しいことにこちらの世界には魔力というものが存在する。牛よりも魔力で強化された人のほうが力が強く、牛に重機としての需要が存在しない。そのため、より生産性が高い羊と豚が優先されるのだ。

そのため、牛というのは家畜としてはマイナー。

俺が初めて商業都市にやってきたとき、実家の牛にハナコと名前をつけてそうと言われたときは、驚いたものだ。あいつら、もしかしたらけっこう裕福な村の出かもしれない。

ちなみに、オークの村で牛を飼っているのはまさに贅沢な嗜好品《しこうひん》としてだ。牛乳と牛肉はオークの大好物であり、あの村は無駄に裕福で余裕があるため育てることができる。

「それでもオルクさんは育てるんですね……」

「うまいからな！」

転生前の世界で、それだけ生産性が悪いくせに家畜の王様みたいな顔で居座っているのは伊達《だて》ではないのだ。

非効率だろうと、手間がかかろうと、贅沢ができる環境なら牛を育てるようになる。そういうものだ。

「オーナー、朝搾ったばかりのミルクをもってきました！」

おおよそ二十リットルほどの牛乳を詰め込んだ、巨大な革袋を従業員がもってきてくれた。

「よし、いい機会だ。牛乳の良さを味わってもらおう」

俺は土の精霊に頼み、粘土を地中から掘り起こし、火の精霊に焼いてもらい即席のコップを生み出す。

……やはり、イメージ通りにはいかないか。成形の際にイメージと誤差が出た。

だが、使えなくはないか。

そこに牛乳を注ぐ。

「おあがりよ」

「じゃあ、飲むね」

「羊の乳よりも匂《にお》いが少ないですね。あのくせのある匂い、ちょっと苦手だったんですよ」

さすがはキツネだけあって匂いに敏感だ。牛の乳が好まれる理由の一つはくせの無さ。それは菓子作りの上で強力な武器になる。くせが強い乳はフルーツなどと合わせづらい。

「美味《おい》しい、とっても甘い！」

「オルクさんが頑張っている理由がわかりました！」

二人とも目の色を変える。

ふふふっ、わかってくれたか。

「牛ってすごいんだね」

「ふふふっ、牛はすごいが、牛だからってだけでここまでうまくはならないな」

「……まだ、変なこだわりがあるんですか」

「まず、牛を育てるためだけに品種改良した牧草、オークの村で何世代も優良な牛だけを選び繁殖させて作り上げたスーパーサラブレッド牛、極めつきは低温加熱だ！」

この牧草と、スーパーサラブレッド牛は俺がわざわざ一度故郷に戻って、わけてもらったものだ。

子供が産める若い牝牛と、子牛を何頭か譲《ゆず》ってもらい、今がんばって増やしている。

「ふりはいいから早く低温加熱を説明してよ」

「動物の乳で、腹を下すものが続出して、商業都市では火を通して殺菌した乳以外は売れなくなった。だから、畜産業者は沸騰させてから売るんだが、そうすると味が落ちる」

「ってことは、これ沸騰させてないんだね」

「もちろん、六十℃という低温で二十分かけての殺菌、それが低温加熱だ」

「うわぁ、めんどくさそうです。沸騰なら一瞬で終わりますけど、温度があがらないように見張りながら、二十分加熱し続けるって……普通にしんどいです」

「それをしたからこそ、この牛乳の味だ」

沸騰させれば、楽だし、時間もかからない。

だけど、味がかなり落ちる。

「これを使えば、すごいお菓子ができそうだね」

「まあ、これだけじゃないけどな」

あくまで、最高にうまい牛乳というのは武器の一つ。

これだけではあの大賢者を満足させられない。というか、あの大賢者はオークの村の牛乳の味を普通に知っているし、よく娘たちへの土産《みやげ》に買って帰っている。

「でも、これ、本当にお金になるのかな？　こんなに投資して、手間暇かけて、採算がとれるとは思えないよ」

「一般人相手の商売ならな。これは初めから貴族や金持ち向け。美食にならいくらでも払えるって連中向けだ。あほな値段つけても、他で手に入らない美食なら、やつらはいくらでも出す。売りさばく伝手《つて》もあるし。二年もすれば、軌道に乗って、五年以内に投資を回収ってとこだな」

「五年間もかかるんだ」

「普通の商売はそんなもんだ。砂糖の儲《もう》けがあるから、こういうこともできる。あと肉もほんとうにうまいぞ。肉にするためだけにこだわった牛のうまさは別格だ。来年あたり、食べさせてやる」

「えっ、お肉はだめなんですか!?」

クルルが悲鳴をあげる、口元にはよだれがこぼれていた。彼女は肉をこよなく愛している。

「分けてもらった親牛にはまだ子供を産んでもらわないと困るし、子供のほうは肉にするまでまだまだ時間はかかる。がまんしてくれ」

「ううう、さんざん期待させておいてひどいです」

「……しょうがない、今度、オークの村に行って肉をわけてもらうよ」

「約束ですよ！」

けっこう遠いが、クルルのためなら頑張ろう。

「私も楽しみ……ねえ、オルク」

無邪気に喜んでいたティータがいぶかし気な顔になった。

「なにかな？」

「ほかにもいろいろとしてるでしょ」

ぎくっ。

「そっ、そんなことないよ」

嘘である。

俺は割りとこういう、趣味と実益を兼ねた事業をいくつか起こしている。莫大《ばくだい》な金が手に入ると、つい使ってみたくなるのだ。

「やっぱり、私に隠れていろいろとやってるんだ。オルクは趣味に走りすぎだよ。私はオルクの秘書なんだから、あとできっちり話してよね。反対しないけど、ちゃんと手伝いたいもん」

「……止めないのか」

「うん、だって、オルクがこういうの作るのって自分のためだけど、私たちを喜ばせるつもりだって知ってるから」

「言われてみれば、オルクさん、私たちにこういうの説明するとき、すごく楽しそうです」

「わかってくれてうれしいよ」

そう、俺のこういう趣味に走った行動は、俺の女を喜ばせるためでもあるのだ！

「でも、少しは加減してね。破産とかしたくないから」

「もちろんだとも！　俺は俺の女の生活を絶対に守る！　ちゃんと商売に失敗して破産したときのために、複数の街にセーフハウスと、それなりの隠し財産を仕込んでいるから、何があっても最低限の暮らしは保証するさ！」

あれ、おかしいな、ティータとクルルの視線が痛い。

最近、こういう目で見られることが多くなっている気がする。

「なんていうか、頼もしいと言えば頼もしいけど、なんていうか、オルクってオルクだよね」

「はい、どこか、その卑怯《ひきょう》というか、なんというか、いえ、その、旦那様《だんなさま》にはしっかりしてほしいですけど、なにか違うんですよね、あっ、いい言葉が見つかりました、残念感があるんです！」

「うん、残念感、それいいね！　オルクにぴったり」

ひどい言いようだ。

俺なりに、きっちりと夫としての責任を果たそうとしているというのに。

「じゃあ、帰るか」

「そうだね。きっと出店申請の結果も出てるころだし」

「祭りのお店、いい場所が取れるといいですね」

二人には悪いが、ぶっちゃけた話、俺はそれに関してまったく期待していない。

なにせ、祭りの出店の割り振りは表向きには抽選となっているが、取り仕切っているのは商業組合の連中だ。

十中八九、最低最悪の位置、おそらくは仮設トイレ、それも中世水準の悪臭がただよう仕様……の前か、あるいは嫌がらせのように郊外に孤立しているあそことか、ゴミの集積場近くとか、そのあたりだろう。

そっちはそっちで対策は考えている。

何はともあれ、最高の菓子に必要な最高の材料は手に入った。

一度、戻るとしよう。

第六話：オルク商会のモットーはwin-win

　街に戻り、出店申請の件を確認したところ、やはり仮設トイレの前という菓子を出すには最低最悪の立地だった。

　この街の仮設トイレを説明すると、すっごい深い穴を木板で囲んだもので、まあ、そんなものの近くで菓子なんて絶対食いたくない。

　あまりにも予想通り過ぎて笑ってしまう。

　ティータが頬《ほお》を膨《ふく》らませて、割り当て表を睨《にら》んでいた。

「抗議してくるよ！　お菓子の店って申請出してるのに、こんな、場所、絶対おかしいもん」

「いや、その必要はない。その割り当て表、見せてくれ」

　こうなるとわかってて、ティータに出店申請を出させたのは老害にもわずかばかりの良心があることに期待したのと、この割り当て表を見るため。

　これは出店申請をしないともらえないし、ルールとして外部のものに見せてはいけない決まりになっている。

　俺たちの出店申請が遅かったこともあり、めぼしい場所はすべて押さえられている。とはいえ、商業都市は広く、仮設トイレよりマシな立地はいくらでもある。

「うん、ここがいいな」

「あっ、ザナリック商会が出店する場所ですね、広いですし、中央通りに面していて最高です」

「ちょっと、ザナリック商会に使わせてもらうように頼んでくる。ついでに、腕利きのパティシエとウエイターを数人借りよう」

「って、そんなの無理に決まってるよ。こんな、いい店くれるわけないよね!?」

普通ならそうだ。

ザナリック商会がこの立地を取れたのは厳正な抽選なんかじゃない。政治的なやり取りと、実弾。そこまでして手に入れた勝負店。

よほどの理由がないと手放しはしない。

だが、逆に言えば……。

「よほどの理由を作ってやれば、交渉できる。じゃあ、ティータ、悪いがオルク商会が出した、出店要請はキャンセルしてくれ」

「うん、任せて。その、ザナリック商会を怒らせるようなことはしないでね」

「もちろんだ」

商業組合の老害に目をつけられている俺にとって彼は命綱でもあるのだから、馬鹿な真似《まね》はしない。

「って、なにエプロンつけてるの!?」

「うん、いやザナリック商会に行く前にちょっと菓子作りをな」

「このタイミングで作るってことは、それが説得するための武器なんだね」

さすが、ティータだ。俺のことが良く分かっている。

その菓子こそが、大賢者とその娘をうならせ、ザナリックを納得させる武器となる。

◇

ザナリック商会に来ていた。

突然の来訪なのに、予定されていた打ち合わせを断ってまで、ザナリックは時間を作ってくれた。

彼の時間を無駄にはできないので、いきなり本題に入る。

割り当て表を広げ、例の店を指さす。

「お願いがあってきた。この場所を譲《ゆず》ってほしい……というより、オルク商会とザナリック商会の共同出店にしてほしい」

「……また、いきなりとんでもないことを。この場所を我らが押さえた意味、わからないわけじゃないでしょう」

「ええ、わかっているからこそ提案に来ました。安心してください。私は商人だ。自分だけが得する提案、我が師ヘルフ・ランドールの顔に泥を塗る真似ができるはずがない」

それは商人として振る舞う以上、最低限の礼儀であり、ルール。

一方的に自分だけが得しようとするのは詐欺師か物乞いがすることだ。

商人同士のやり取りは互いに利益があって初めて成立する。

「ふむ、では我がザナリック商会における、共同出店のメリットとはなんでしょう」

「……その前に前提の確認を。この商業都市の祝祭、世界最大規模の祭り、国内外から人が集まるこの場で、ザナリック商会がもっともなさねばならぬこと。それはコーヒーと廉価《れんか》な砂糖のアピール。違いますか？」

ザナリックは本物の商人。であるなら、祭りでたかだか一日の売り上げを多く稼ごうだなんて考えるわけがない。

世界中の人が集まるのならば、世界中に主力商品を広め、のちの商売に繋《つな》げようと考える。

ならばこそ、最高の立地を押さえ、そこには主力商品をアピールするための店を置く。

「否定はしませんよ。そう、その店はそのためにある。そして、砂糖もコーヒーも、オルク商会があってこそ成功した商品で感謝しております。ですが、その対価はすでに払っている。契約通りにね。私には祭りの場で、オルク商会の力が必要だとは思えないし、借りを作った覚えもない」

それもまた道理。

一緒に手掛けている商品だから、そのよしみで頼み事……そんな甘い話が通じるはずがない。契約は絶対だ、契約に書いた対価は受け取り、それ以上は受け取ってはいけない。

「わかっておりますよ。だからこそ提案したい。より、コーヒーと砂糖を広めるための武器を。ザナリック商会は、どうやってコーヒーと砂糖を広めるつもりですか？　せいぜい、喫茶店と物販店を併せ持った店を開くくらいでしょう」

「せいぜいとは、ひどい言いようだが、その通りですな」

「それでは弱い。この商業都市と近隣の街では、コーヒーは根付き始めた。ある程度の知名度もある……だが、世界中の人々を相手にするには足りない。たった一度で心を奪うだけの破壊力がない」

「ふむ、祭りであればそうとは言い切れぬのではないかな？」

「祭りだからこそ、好奇心でコーヒーを飲むでしょう。ですが、もう一度、そう思わせることができるでしょうか？」

祭りだから変なものを食べよう、飲もう。

そういう好奇心で手は出すだろう。

だが、コーヒーの魅力というのは一度で理解できるものではない。たいてい、初めてコーヒーを飲んだとき、苦いという印象しか残らないだろう。

「では、オルク殿はどのような提案をしてくれるのですかな？」

「この大陸、最大の国、フォーランド王国の至宝、麗《うるわ》しの姫ルリネ・フォーランドに献上された菓子。彼女が感嘆し、絶賛した幻の菓子をその店で出します。それも、我々のコーヒーと砂糖を原料に作りあげたものです」

「……それができれば、凄《すさ》まじい注目を浴びるでしょう、この祭りそのものの最大の目玉となる。そして、ルリネ姫が絶賛する菓子であれば、たった一度食べただけで、心を掴《つか》める。ですが、そのような菓子があるという噂は聞いたことがない」

「ええ、そうでしょうね。なにせ、明日、ルリネ姫に食べてもらい、それから彼女に頼み、社交界で噂を広めてもらう予定ですから。これから、伝説を作ります。祭りまでに、貴族社会で広がり、大商人たちにそれが聞こえ、庶民にまで響くでしょう」

「そのようなことが……オルク殿ならできてしまうでしょうな。だが、王族としての力の行使をあなたは嫌っていたのでは？」

呆《あき》れと期待が入り交じった顔で、俺の言葉を促す。

「その通りです。ですが、ルリネは私の女だ。私の女の力を借りることをためらいはしない、それに彼女の名を汚さないだけの菓子を作ります。たとえ、私が何も言わなくても、他の者に自慢したくてたまらない、そういう菓子をです」

ルリネなら、どんなまずい菓子を出しても、素晴らしいと喧伝《けんでん》してくれるだろう。

だが、そんなことをすれば、ルリネの評判に傷がつく。ルリネが褒《ほ》めるのであればそれに相応《ふさわ》しいものでなければならない。

「ふっ、やはりオルク殿は面白い。いいですね、たしかに飲み物よりも菓子というほうが引きが強い。ましてはルリネ・フォーランドのお墨付きになる菓子ならば。ぜひ、私も食べてみたいですな」

「そう思って作ってきました」

俺は、それを取り出す。

コーヒー、そしてわざわざ村一つを作ってまで手に入れた最高品質の牛乳を使った俺の菓子を。

ザナリックはそれを一口食べ、それから微笑《ほほえ》む。

「これは、素晴らしい。たとえ、ルリネ・フォーランドのお墨付きがなくとも、勝負できる。いいでしょう、共同出店しましょう！」

俺は微笑み、彼と握手をする。

さてと、こうなれば別の問題が出てくる。

祭りの目玉にしてしまうのであれば、必要な材料の量がけた違いになってしまう。

そんなことに今更ながら気付いた。

俺の牧場だけでは足りない。

（やつらに頼むか）

オークの村に行って、クルルに約束した通り肉をわけてもらうついでに祭りの期間中牛乳を提供してもらえるか相談しよう。

……だけど、牛の管理って、あの幼馴染《おさななじみ》連中なんだよな。昔俺をいじめてた三人組。

牝牛と子牛をもらうときもけっこうな代償を支払った。

次は何を要求されるか……だが、背に腹は代えられない。あの菓子を作るにはオーク品質の牛乳が求められ、そして祭りが始まって数時間で品切れなんて許されないのだ。

第七話：まさかの裏切り!?　オークに隠し子発覚！

我が家に戻ってきたのだが、屋敷の玄関で愛《いと》しのティータとクルルが困った顔をしていた。

視線は下のほうを向いており、そこに居たのは青く長い髪をした幼い少女。

年齢は十一、二歳というところだろう。

胸は少し膨《ふく》らんで、くびれはあるかないかというところで、尻も固そう。

オーク的には守備範囲外でまったく俺のオークさんが反応しない。

もっとも、数年後が楽しみではある。

ただ、不思議となんとなくだがなつかしさのようなものを感じる。

（種族が気になるな？）

人間ではないだろう。その青い髪はあまりにも艶《つや》やかで染めたものではなく、人間であれば青い髪などありえない。人間の色素に青はない。

なにより、その込めた魔力が人間としては規格外。

「どうしたんだ、二人とも」

「えっと、それが、その」

「なんというか、言いにくいのですが……」

青い髪の少女がゆっくりと振り向く。そして、俺を見た。きらきらと目が輝いて、活発で愛くるしい少女だ。

「やー♪　やっと会えたの！　マーレのおとーさん」

そして、俺に抱き着いてきた。

◇

居間に移動した。少女はコアラのように俺にくっついており離れない。

「すりすりすりすり、おとーさん、マーレと同じ匂《にお》いがするのー」

しょうがないので、そのままソファに座る。

対面にはティータとクルル。

「オルク、説明してくれるよね？」

「ティータさんが初めてで、私が二番目って言ってたのに、どうしてそんなに大きな子供がいるんですか？　嘘をついていたんですね」

最近、冷たい目を向けられることに慣れて来たが、今日は一段とひどい。

まるで俺が浮気をしたかのよう。

冷たい目はむしろご褒美《ほうび》だと思っている俺だが、こういうのは性癖に刺さらない。いたたまれない。

「……その、心当たりがないんだ。ティータと結ばれる前にした子作りなんて、せいぜい、娼館《しょうかん》に通って……あっ」

冷たいどころか、まるで刃物のような視線に変わる。

やばい、うっかりと娼館通いのことをばらしてしまった。

男性的には、キャバクラやソープはぜんぜんＯＫなのだが、女性的には浮気だって前世の先輩が言っていたのを思い出す。

それは、彼女たちにとってもそうだったようだ。

「つまり、その子は、オルクが娼婦《しょうふ》さんに孕《はら》ませた子かな？」

「けっこう鬼畜ですね。見損ないました、子供を産ませて知らんぷりしていたなんて」

「待て、待ってくれ、エヴォル・オークの特性を忘れてないか!?　ハイエルフの先祖返りのティータや、剣の巫女《みこ》のクルルですら、俺の子供が産めるようになるまで強化に時間がかかっているんだ。娼婦が、俺の子供を産めるようになるなんて考えられない」

一度に強くすると母体が壊れるので、あくまで少しずつエヴォル・オークはその能力で愛し合う女性を強化する。

「一般人クラスなら毎日抱いても何十年もかかる。実質、一生子供なんて作れないはずなんだ」

「なんか、本当っぽいですね」

「言われてみれば、オルクさんってエッチですけど、クズではないですから、やり捨てなんてしなさそうです。子供ができていたら責任を取っているはず……」

「たしかにその通りだけど、言い方！」

微妙に傷つくぞ。

「じゃあ、その子はどういう子かな？　えっと、マーレちゃんだよね。その、お母さんのことか教えてくれるかな？」

「マーレには難しいことはわからないの！　だから、マリンにお任せするの！」

そう言うと青い宝石がついたネックレスを胸元から取り出す。

「あれ、その子の首輪が光ってないですか」

クルルの言葉と同時に魔力が高まる。

首輪についている青い宝石から空間に映像が映し出された。

そこに映ったのは整った顔立ちの壮年男性。

しぶくてかっこいい叔父様《おじさま》ランキングがあれば、一位を取るだろう。

その正体はイケオジにして我が師匠。大賢者マリン・エンライトだった。

……というか、俺が苦労を重ねて、使い捨てを前提に高価な媒体を使い実現した通信魔術を、映像付きで実現してくるとは。少々プライドが傷つく。いや、これでこそ大賢者マリン・エンライトか。

『君の娘は無事届いたようだ』

「師匠《せんせい》、これはいったいどういうことですか？」

『君の治療に必要だから、君の娘を創ってみた。さて、伝えるべきことは伝えた、これはひどく魔力を消耗するので、無駄話はしたくない。通信を切るとしよう』

「もう少し詳しく！」

　この人は昔から頭が良すぎて、一言えば、誰もが十通じると思っている節がある。

『もう少しでいいかね？』

「ごめんなさい、もっと詳しく」

『初めからそう言いたまえ。さて、魔力回路は自然治癒《ちゆ》しない。ならば修復するには、魔力回路を作り出してから移植するのが建設的だと俺は考えた』

「ええ、でしょうね」

『彼女はそのための存在だよ』

　外科手術が必要。

　俺はそう考えていた。

　だが問題は、外科手術で体内にある壊れた魔力回路を切除し、新たな魔力回路を埋め込むとしても、魔力回路は物理的な存在であると同時に霊的な存在でもあり、ひどく施術難易度が高い。

　そして、それ以上に厄介《やっかい》なのが魔力回路は個人差が非常に大きく俺の魔力回路とまったく同じものを作るのは不可能に近い。

それら二点をクリアしなければならないが、両方とも今の俺ではどうすれば実現できるのかすらわかっていない。

だからこそ、大賢者を頼った。

『俺は死の淵《ふち》に立たされたとき、生き残るために、伝説にあった、【無限に進化するスライム】それを見つけだし、改良した上で、魂を移し、不老不死を手に入れた。この身は無限の適応力を持つスライムが人の形をしているに過ぎない』

「ええ、それも知っています」

『ならば答えはわかるだろう。【無限に進化するスライム】の無限の適応性により、俺は元の体を完璧に再現している。であるなら、我が体を作ったのと同じスライム細胞を使い、君の魔力回路を再現することも可能だというわけだ』

そこまで言われてようやく気付いた。

大賢者マリン・エンライトの超越した魔力回路すら再現しうるスライムの細胞であれば、俺の魔力回路を再現することは可能。

『その子は、俺の身体を作る際に余った予備のスライムボディ。そこにもしものとき君を呪い殺すためにとっておいた、君の魂の一部と肉体を埋め込み出来たものだ……まあ、材料が【無限に進化するスライム】と君だから、ある意味君の娘というわけだ』

その理屈はわかる。

無限の適応力があるスライム細胞に俺の肉体情報を与えれば、俺のクローンが作れるだろう。あとはそこから魔力回路を移せばいい。

わからないのは……。

「なぜ、その俺の肉体情報を取り込んだ【無限に進化するスライム】が、こんな可愛《かわい》い女の子になっているんだよっ！」

というか、もしものとき呪い殺すためにとっておいたとか、さり気にひどいこと言ってないか⁉

『知らん。だがまあ、どうやら君の肉体情報と魂情報が足らないのは確かだ、おかげで魔力回路が粗雑、まだ使い物にならない。俺がそこにいくまで常に隣に置いておけばいい、そうすれば君の老廃物やら、あふれ出た魔力、魂の波長を吸収し、さらなる学習をするだろう。そのうち移植用の魔力回路が完成する』

それはいい、だが、どうしてもその後のことを考えてしまう。

もし、この子が成長し、俺の魔力回路を完璧に再現したとして、その魔力回路を摘出し、俺に移植しなければならない。

つまり、それが意味することは一つ。

「この子を殺すってことですか？」

『殺すというより、必要なものを取り出してから、細胞を初期化するだけだ。もとよりそれはそういうもの。辛《つら》くなるのが嫌ならば、けして情を移さぬことだ』

その言葉を最後に空間に複写されている映像が消える。

もともとスライムの細胞に俺の肉体を取り込ませただけのもの。

その理屈はわかるが……。

俺に抱き着いている、青髪の女の子を見る。

可愛い。

そう、とても可愛い。

「おとーさん、話、終わったの？」

この子とずっと一緒にいて、それで情を移さない？

それって……。

「無理じゃないか」

俺は割りと子供が好きなオークなので自信がもてなかった。

◇

翌日になり、さっそく街を出た。

オークの村に行き牛乳の手配、フォーランド王国でルリネに新作菓子のお墨付きをもらう。

その二つを行わないといけない。

二か所を巡るので相当に忙しい。

ルリネが絶賛したという噂を広めるためには時間がいる。なので、オークの村には手紙を送って準備をしてもらいつつ、先にフォーランド王国に向かうことにした。

相変わらず、俺は魔力回路が不調なのでオークカーの運転はクルルとティータが交代で行う。今はクルルが運転しており、俺はリハビリを兼ねて土魔術を使い、次々に人形を作っていた。

精密動作が一番、リハビリにいい。

「おとーさん、次は猫さんがいいの!」

青髪のスライム幼女こと、【無限に進化するスライム】の分裂体が俺の細胞を取り込みできた疑似娘、マーレのリクエストに応える。

「可愛《かわい》いの!」

「マーレちゃんはオルクが好きなんだね」

「マーレはおとーさんが好き」

ちなみにマーレは俺の膝《ひざ》の上に乗っており、猫の人形を受け取るときゃっきゃっとはしゃぐ。喜んでもらえて良かった。サブの魔力回路でもそれなりの制御ができるようになってきた。

膝にちょこんと座るマーレは可愛い。

とはいえ、俺は錬金術もたしなんでいる。ただ可愛いと感じるだけではなく、様々な考察をしてしまう。

おそらく、彼女の人格のベースは俺だ。俺の肉体と魂を取り込んだのだから。

それがどういう経緯で女性的な性格になったのか？　そして俺を父親と認識するに至ったのか？　必ず答えはあるはずだ。

この世界は、仮定があり結果に至る。

それを知っておかないと気持ち悪いというか、足をすくわれる気がする。

「マーレはオルクにべったべただね」

「ティータ、嫉妬《しっと》するなよ」

「こんな小さい子に嫉妬しないよ!?」

「言うほど、小さくはないがな」

なにせ、見た目は十一、二歳。普通なら子供扱いすると怒る年頃。

だが、その見た目以上に振る舞いが幼いためか、もっと下に感じる。

「オルク、まさかっ」

「いや、それはない」

なんというか、もともと俺は成人（この世界では十四歳）以下は対象外な道徳のあるオーク。

それに加えて、この子に対しては一切そういう感情は湧かない。

俺の肉体と魂を取り込んでいるのが原因だと考えられるが、なんというか本当に娘ができたようなそんな気がする。

いや、娘のような感じもするが、それ以上になつかしさがあって、ほっとしてしまう。

「いつもオルクが女の子をくどくときの感じはないね。だからかな、私もこの子のこと、娘みたいに感じるよ。オルクの娘は私の娘だしね……しばらくオルクと子供できそうにないし」

エヴォル・オークの母体強化が終わるまで、けっして妊娠させることがない。

第三段階解放前でも、それなりに遠いな、少なくとも一年は強化が必要だろうと思っていた。なのに、俺はさらに強くなってしまった。

俺も、どれぐらいティータを愛すれば子供ができるかわからない。

「子供欲しいよな」

「そう思ってくれてたんだ」

「前も言っただろう、しばらくは恋人同士の時間が欲しいけど、いずれはちゃんと愛の結晶が欲しいって」

「そっ、そうなんだ、その、ちょっとうれしいかも」

ティータが顔を赤くして、それから顔を逸《そ》らした。その仕草がとても可愛《かわい》らしい。

「ううう、運転は楽しいですけど、こういう会話に参加できないのは面白くないです」

クルルはああ見えて真面目な性格なので、キツネ耳と尻尾《しっぽ》だけで反応している。

「あっ、ごめんね。そろそろ運転代わるよ。その、ちょっと、恥ずかしいこと言っちゃって、いたたまれないしね」
「じゃあ、お言葉に甘えます。広いところにでたら車止めますね」
こうして旅は続いていく。
マーレが膝《ひざ》に乗ったまま、顔を上にあげて俺の顔を見ていた。
「どうした？」
「おとーさんの顔、見てるの楽しいの！」
小さな手で俺の頬《ほお》をぺたぺたとマーレが触って、にっこり微笑《ほほえ》む。
なんだ、この湧き上がる気持ちは。
どうしようもなく愛《いと》おしさが湧くのは。
ぎゅっと抱きしめる。
ああ、わかってる。情を移してはいけないと。
ただのスライム細胞なんだと。
なのに、彼女が可愛くて仕方ない。
やっぱり、だめです。先生。
俺はきっとこの子が好きになってしまう。
その理由を言葉にするなら……ずるい、幼女、ずるい。

第八話：フォーランド王国の至宝、再び

フォーランド王国についた。

以前とは違い、王都に入るのは顔パスで済んだ。

少なくとも、一般兵レベルで俺の顔が認知されているらしい。

……というか、ルリネと賢王がそうさせたのだろう。

兵が城内までエスコートするというので甘えることにした。ルリネに予《あらかじ》め連絡をしていたおかげだ。

城内の通路を歩いていると壁に立てかけられている絵が目に映る。

「あれ、オークだよね」

「本物よりかっこいいですけど、間違いありません」

「……絶対に、賢王の仕業だ」

美化に美化を重ねた俺の絵がそこにあった。

ちなみに、ここは王城に招かれたものなら絶対通る回廊。

知らぬまに俺の恥がばらまかれて、実物を見たときにがっかりされる奴だ。

あれよあれよという間に城内に案内され、応接間の一つにたどり着く。

「いらっしゃいませ、オルク兄様！」

俺たちを迎えたのは可憐《かれん》な姫君、フォーランド王国の至宝。俺の従妹《いとこ》であり、俺の女でもあるルリネ・フォーランドが息を弾ませて、華やかなドレスをはためかせながら走ってくる。

……ちなみに息が弾んでいるのは演技だ。

彼女はこの国でも有数の魔法騎士でもある。この程度の距離を小走りにしたぐらいでは息を乱さず、汗一滴流さない。

こんなことをしているのは、そちらのほうが健気《けなげ》で可愛《かわい》らしく見えるから。あざとい。

だけど、俺はこういうところが好きだ。何より、俺に喜んでもらうために頑張ってくれるなんて最高じゃないか。

「可愛い妹よっ！」

「オルク兄様！」

芝居がかった仕草でぎゅっと抱きしめる。

相変わらず華奢《きゃしゃ》な体つきだ。少女特有のミルクのような香り。

「オルク兄様の、当たってますの」

「当ててるんだよ」

「まぁ」

ぽっとルリネの顔が赤くなる。

ルリネはえっちな子だなぁ。

「ねえ、二人ともいつまでその三文芝居続けるのかな？」

「芝居なんてひどいですの」

「こういうのも俺たちなりのコミュニケーションだ」

お互い、演技とわかりつつ、それを楽しむ。

これが俺とルリネの関係だ。

「ちょっと真似《まね》できないです」

「だよね」

ティータとクルルは少し真面目すぎるかもしれません。

「会いに来てくれてうれしいですの」

「半分は仕事だがな」

「半分は私のためですのね」

「もちろんさ」

ルリネと話しているとＩＱが半分ぐらいになる気がする。

ティータもクルルも突っ込み体質だが、この子はボケで、俺もボケだ。二人きりになると二人でボケ続けて、会話が異次元に吹き飛びそうだ。

「それと、その子はなんですの？　オルク兄様の新しいハーレム……ではないですわね。オルク兄様の守備範囲外ですの」

さすがルリネ。俺のことは徹底的に調べ尽くしているみたいだ。

ちなみに、俺の懇意《こんい》にしている情報屋は、王国の諜報部《ちょうほうぶ》に俺の情報を売ったことを売ってくれた。

王国の諜報部を使ったのは、ルリネと考えるべきだろう。

お兄ちゃんが好きすぎて、性癖まで調べてくれるなんて、いじらしい子だ。

「やー、マーレはおとーさんの娘なの」

ルリネのフォーランド王国の至宝と呼ばれる完璧な笑顔にヒビが入る。

「あの、どちらの子なんですの？」

その視線の先には、ティータとクルル。

「どちらでもないよ」

「よそで作った子です」

ルリネの視線が俺に向いた。

怖い。

……俺は知っていたはずだ。普段にこにこしている人ほど、怒ったときは怖いのだと。

◇

それから、大賢者に受けた説明をして納得してもらえた。

「なるほど、この子がオルク兄様を治療するために必要なのですね」

「ああ」

「でも、オルク兄様の言った通り、なぜ、こんな性格と容姿になったかは気になりますの……うちの研究者たちに調べさせてもいいですの？」

「それは止《や》めてくれ」

王国の研究者たちなら、俺が見落としていることにも気付けるかもしれないが、この子を実験動物扱いする気にはなれない。

「わかりましたの。では、私が個人的に考察して、知り合いに相談するというのはよろしいですの？」

「ああ、頼む」

それであれば問題ない。

ルリネなら、絶対に俺を怒らせることはしない。……フォーランド王国の国益にかかわらない限り。

「おとーさん、お腹空いたの」

「スライムなのにお腹が減るのか？」

スライムという生き物はおおよそ何からでもエネルギーを摂取できる。草や石、土。空気中に漂う魔力などなど。

「マーレはおとーさんと同じがいい」

その意味は人としてのエネルギー摂取に拘《こだわ》りたいということ。

「なら、おやつを作ってあげよう。ちょうど、ルリネにご馳走《ちそう》しなきゃいけなかったしな」

「あら、私はおまけですの？」

「違うさ。俺の女たちとマーレのために作るんだよ」

「オルクちゃんと、俺の女とマーレは分けたね」

「意外とティータさんって細かいこと気にしますよね」

「さすがは正妻ですの」

いつの間に、ティータが正妻になったのだろう。

たしかに最初の女ではあるが……クルルとルリネが納得しているのが不思議だ。

「そういうのじゃないけどね。オルク、今から作るのがお祭りに出すお菓子なんだよね」

「ああ、俺の自信作。舌の肥えた大商人すら満足させる菓子。楽しみにしておいてくれ」

「まあ、それが私が賞賛して、社交界で自慢しちゃう予定のお菓子ですの？　楽しみですわね」

ルリネさん、笑顔でプレッシャーをかけるのは止《や》めてください。

材料は十分にある。

四人とも絶賛する菓子を作ってみせよう。

◇

女性陣にはマーレの相手をしてもらうことにして、俺はキッチンを借りて菓子作りに挑む。

幼女の可愛《かわい》さには勝てないようで、三人ともマーレを気に入っている。まあ、娘というよりは妹を可愛がる感じだ。

「さてと、作り始めるか」

今回の菓子を作るにあたって条件がいくつか存在した。

大賢者には、ここでしか食べられない世界一の菓子を用意すると言ってある。

さらにザナリックと共同出店をするにあたり、コーヒーと砂糖の宣伝にすることが必須となった。

つまりは、三つの条件が必要。
1. 誰も見たことがない菓子であること
2. 最上級の味であること
3. 廉価《れんか》な砂糖とコーヒー豆を最大限に生かすこと
これらすべてを生かす菓子は一つしか思いつかなかった。

その菓子の名は……。

「ティラミスだ」

ティラミス。それは1960年代に北イタリアで生み出された菓子。

しかし、あくまで地方で愛されるだけでローカルな菓子に過ぎなかった。それが広まったのは1980年代になってから。

ティラミスが広まるには冷蔵・冷凍技術の発展が不可欠だった。

その理由は……。

「味の決め手となる。マスカルポーネチーズ」

そう、マスカルポーネチーズには寒冷な気候が絶対条件。

だからこそ北部でしか食べられない味だったのだ。

しかし、冷蔵・冷凍技術の発展によりイタリア全土でマスカルポーネチーズが食べられるようになり、ローカルな菓子でしかなかったティラミスはその美味《おい》しさから評判になった。

あっという間にイタリア全土に広まり、さらには米国に渡って大ブレイク。日本には1990年代になってようやくやってきて大ブームを巻き起こした。

ブームが終わったあとも、定番として残り続けた本物と言えるお菓子。

「……うん、いい出来だ」

自家製のマスカルポーネチーズを味わう。

それはいわゆるチーズでイメージする固形のものではなく、硬めの生クリームのような舌ざわり。

そして、その味の特徴は、チーズでありながら酸味がほとんどないということ。

乳を凝縮した濃厚な旨味《うまみ》と自然な甘さを最大限に楽しめる。

「ティラミスのうまさは、コーヒーの苦みと濃厚なマスカルポーネチーズの旨味の絶妙なマリアージュだ」

ティラミスでは、コーヒーをしみ込ませた生地を使う。それもただのコーヒーではない、深《ふか》煎《い》りしてコーヒー豆の苦みを限界まで引き出したエスプレッソ。

そのエスプレッソの苦みと合わせるには、生クリームでは強さが足りない。かといって普通のチーズでは酸味が余計になるし口当たりも悪い。

だからこそ、チーズの濃厚さがありながら、酸味がなく、ふんわりとしたマスカルポーネチーズが必要だ。

とある手法で、普段の数倍の手間と時間をかけてコーヒーを淹《い》れる。

「うん、いい香りだ」

ザナリック商会が仕入れたコーヒー豆の品質は最高だ。

だからこそ、エスプレッソを作ると蠱惑的《こわくてき》な香りが広がっていく。

部屋中がコーヒーの香りに満ちる。これぐらいじゃないと美味しいティラミスにならない。

オーブンからスポンジケーキを取り出し、カットする。

「まずはシロップ」

手早くエスプレッソに砂糖と僅《わず》かだが香辛料を加える。

この香辛料がコーヒーの香りに化学反応を起こし、甘苦いティラミスにほんの少しの辛《から》みを加えることでいいアクセントになる。

これは本来のティラミスのレシピではなく、俺のアレンジ。

「次はクリーム」

マスカルポーネチーズに砂糖を加えつつ、滑《なめ》らかなクリーム状にしていく。

そしてもう一種のクリーム。

搾りたての牛乳を泡立て、しっかりとツノが立った生クリームを作る。

前世ではハンドミキサーがないと綺麗な生クリームは作れなかったが、今の筋力なら機械いらずだ！

そして、チーズクリームと生クリームを混ぜ合わせていく。

この配合比は勘だ。

その日の気候、コーヒーの苦み、砂糖の甘み、チーズの出来、それらを考慮しつつ、最適な強さのクリームを作り上げる。

これはもう職人芸の域。濃さだけでなく口当たりも変化する。それをも考慮して、最適な調合を即興で作りあげる。

レシピ化なんてできはしない。そのときそのときで、最適解が変わるのだから。

「よし、こんなものか」

スポンジケーキ、コーヒーシロップ、チーズクリーム。

あとはこれらを組み合わせればティラミスの出来上がり。

スポンジケーキをカットし、まずは型の底に敷き詰める。

そこにコーヒーシロップをこれでもかと刷毛《はけ》で塗っていく。

ここは下品に、これでもかとやることが重要。

その上にこれまたどかっとチーズクリームを載せてから、スポンジで蓋《ふた》をして、その上からまた刷毛でコーヒーシロップを塗りたくり、スポンジにしっかりとコーヒーシロップがしみ込むのを待つ。

「仕上げだ」

十分にコーヒーシロップがしみ込めば最後にチーズクリームを盛る。

それを型ごと冷蔵庫に入れて味に一体感が出るまで待つ。

……冷蔵庫といっても、魔術で作った鉄の箱に氷を詰めただけだが。

まあ、ティラミスを作るならいわゆる普通の冷蔵庫よりこっちのほうがいい。氷のおかげで湿度が高く、生地が乾かない。

一部のパティストリーではいまだにこういう氷で冷やす冷蔵庫を置いていると聞いたことがある。

「さてと、待っている間はリハビリでもするか」

俺は椅子に座り、人形作りを始める。

これの成果はかなり出ていて、今ではイメージとの誤差が五ミリ～十ミリぐらいになってきた。

この程度の魔術なら誤差一ミリでなければ、信頼できないとはいえ数十センチずれていたころと比べると大きな進歩だ。

人形が一つ完成してしまう。

それだけの時間、ただ待つことこそが重要。

「さてと、そろそろ生地がなじんできたか」

俺の女たち……いや、それ以上にマーレが待ちくたびれ始めるころだ。

急いでティラミスを届けるとしよう。

第九話：白いたい焼きと一緒にしないでもらおうか

完成したティラミスを持っていく。

ティータたちはルリネに誘われて、上級騎士用の訓練場で汗を流しているはずだ。

ルリネはティータとまた戦いたいと息巻いていた、きっと模擬戦《もぎせん》をしているだろう。

ティラミスはお手製のクーラーボックスに入れて、ポットには熱々のコーヒーを入れた。

コーヒーを使った菓子であるティラミスとコーヒーの相性は抜群。

訓練場につくと聞きなれた音が響いていた。

「剣戟《けんげき》の音か。二人とも、かなりの手練《てだれ》。ティータとルリネ……じゃないな、ティータが相手なら、こういう音にはならない」

音を聞いているだけで力量はだいたいわかる。

あのときよりもさらに双方ともレベルが高く拮抗《きっこう》している……レベルが高すぎるのだ。

ルリネのほうは、あれから俺の体液を得て、エヴォル・オークの能力が発動し、あのときよりも基礎スペックがあがり、そのスペックで鍛《きた》え上げた剣を振るっていると考えれば納得ができる動き。

だが、それにティータがついていけるはずがない。

ティータはあくまでメインは弓と魔術であり、剣は護身程度。この前ルリネと拮抗《きっこう》できたのは身体能力の差があったから。強くなったルリネに対応できるような技量はない。

では誰だ？　俺の知らない猛者《もさ》が、フォーランド王国に隠れていたのか!?

俺は足を速め、そして視界に映った光景を見て、目を疑う。

「マーレなのか」

ルリネとマーレが戦っていた。双方ともに、真剣の上にクッションを巻き付けたフォーランド王国流の訓練。

木刀では、己の得物と重量差、重心の違いがあり変な癖がつくと。この国の上級騎士たちはあえて本物の剣を使い、それで相手を殺さないよう軽量のクッションを巻くのだ。

（わずかにルリネが上……だが……）

ルリネが優勢ではあるがマーレのほうが守備寄りの戦い方をしていることもあり、勝負がつかない。

守備に徹した相手に決めきるほどの実力差がないからだ。

にしても、さすがは俺の肉体と魂を取り込んだコピー。剣術も俺のものか。

ルリネとマーレの剣は似ている、戦っている姿は鏡写しのよう。

ルリネはフォーランドの王国剣術の達人であり、母さんから剣術を習った俺もフォーランドの王国剣術が根底にあった。それをコピーしたマーレもそうなるから当然だ。

いや、少しだけおかしい。

マーレの剣は俺よりも、ルリネの剣が近い気がする。

「楽しいの！　もっと、もっと、見せるの！」

「くっ、早く、決めないと、まずいですのに」

ルリネが焦っている。

彼女にもわかっているのだ。

一太刀《ひとたち》ごとに自分の剣技が盗まれていることに。

マーレの剣は俺をコピーし切れていない。それだけじゃなく、母さんから教わって剣術を俺の体格に合わせてアレンジを加えた剣はマーレには向いていない。

ルリネの振るうアレンジ前のほうがよほどマーレに合っていると言える。

そのことをマーレは学習し、ルリネの剣を見て改良していく。

そのペースが異常だ。

なんて、学習能力。

これもまた、【無限に進化するスライム】の能力か。

マーレが笑う。

「思い出したの！」

マーレが新しい技を見せる。

それは母さんの剣だった。

俺の体格には合わず、一度も使ったことがない技。

そして、難しい技故《ゆえ》にルリネの技量では扱えない技。

どういうことだ？　マーレはルリネの剣術を吸収しているのではないのか？

これではまるで、母さんの剣術、俺がアレンジする前の源流を知っているようではないか。

「はぁはぁ、厳しいですわね」

俺の剣から、母さんの剣に近づくたびにルリネが追い込まれていく。

技術の差が埋まっていく。

そして、無限の体力を持つスライムだからこそ、戦闘が長引くほど有利になっていく。

「むう？　ルリネ、もっとがんばるの。もっと、マーレに剣を見せるの！」

そしてとうとう拮抗《きっこう》が崩れ、マーレが一気に優勢となった。

体力差が出始めた。

「最後に、悪あがきしますわ！」

ルリネの動きが爆発的に加速した。

魔術による身体能力強化と気での強化を併用している。それも最大出力でだ。

疲れた体で、こんな負担の大きいことをすればもって数秒。

「あっ、うっ、強いの」

「決めきらせてもらいますの！」

劣勢が覆《くつがえ》る。

いくつもの剣戟《けんげき》がマーレを襲い、マーレが体勢を崩す。

次は受けきれない。

そこにルリネが渾身《こんしん》の一撃を振るう。

「あっ」

ルリネの剣がくるくると宙に舞った。

限界がきて、握力が緩み、汗で滑ったのだろう。

膝《ひざ》が笑っている、気の流れも乱れた。もう立ってもいられず、膝をつく。

勝利まであと一歩だったのに、その一歩に彼女は届かなかった。

「ルリネ、早く剣を拾うの。待ってる！」

そんなルリネに、もっと楽しませろとマーレはせがむ。

負けず嫌いなルリネは唇を噛《か》んで、そこからなんとか声を絞り出した。

「いえ、その必要はないですの。この勝負、私の負けですわ」

「むう、もっとマーレは遊びたいの」

ルリネが打ちひしがれている。

少し涙目だ。そして、俺のところまでふらつきながらやってくる。まだ膝が笑っており、もう少しというところでバランスを崩した。

慌てて彼女を抱きとめる。

ルリネが顔をあげた。

「オルク兄様、今からセックスですの！」

心底悔しそうに叫んだ。

あまりの発言に俺はあっけにとられ、ティータとクルルは目を丸くしている。

「とりあえず、落ち着こうか」

「ルリネを強くしてくださいませ！　今のままじゃ、勝てないですの！」

負けず嫌いにもほどがある。

マーレにリベンジするために、俺のエヴォル・オークの力で強くなりたいと彼女は言っている。

俺はルリネの額にデコピンをした。

「痛いですの」

「そういうルリネの負けず嫌いなところは嫌いじゃないが……そうやって、すぐ安易な手で強くなろうとするのはいけない。癖になる」

それは俺自身にも言い聞かせていることだ。

窮地《きゅうち》に陥れば、俺は封印を解放する。

だが、それは最後の最後の手段だと決めていた。事実俺は封印解放を使わねばどうにもならない、そういうとき以外に使ったことがない。

便利な力ならばこそ、それに頼り始めれば癖になり、それ以外の手段で強くなることを諦《あきら》める。

その先に待つのは成長の停滞だ。

「私、どうか、していましたの。……その通りですの。オルク兄様に強くしてもらうことばっかり考えたら、剣士としての私は死にます」

「わかってくれたらいい。じゃあ、あとで愛し合おう」

「言ってることがおかしくありません？」

ルリネが首をかしげる。

「おかしくなんてないさ、俺がルリネを愛してやりたいし……ちゃんと、俺に頼るだけじゃいけないってわかった上で、そっちでも強くなるなら、なんの問題もない」

「うれしいですの！　あと、一応言っておきますけど、別に強くなりたいだけで、オルク兄様に抱いてほしいわけじゃありませんの。大好きなオルク兄様のことを考えると、ルリネ、切なくなっちゃいます。オルク兄様と会えた日ぐらい、一人でするのは嫌ですの」

俺はもうほとんど無意識でルリネを抱きしめていた。

なんて可愛《かわい》いんだ俺の妹は！　孕《はら》ませたい！

「可愛《かわい》いやつめ！」

「オルク兄様、苦しい、ですの」

「だめっ、ここは、その、いろんな人が通りますの」

そういえば、一般騎士が来ないとはいえ、上級騎士やら、貴族やらも使うんだっけ。

俺の可愛いルリネの痴態を他の男に見せるなど許されるわけがない。

もし、見られたら目玉を抉《えぐ》らなければいけなくなる。

俺はしぶしぶルリネを離す。

「夜まで我慢だな。せっかくのデザートがだめになるし」

「あっ、それが、私が絶賛する予定のお菓子ですの？」

「ああ、フォーランド王国の至宝、ルリネ・フォーランドが絶賛し、社交界で噂を独占する菓子。その名はティラミスだ。みんなで食べよう」

みんなの視線が俺の肩に下げているお手製クーラーボックスに集まる。

運動したあとの甘いものは最高にうまいはずだ。

冷たいティラミスと、温かいコーヒーのコラボレーション、さっそく味わってもらおうか！

第十話：ときにお菓子は政治の世界で活躍する

クーラーボックスからティラミスを取り出し、金型をひっくり返して大皿に盛る。

コーヒーシロップがしみ込んだ黒い生地と、マスカルポーネチーズで作ったチーズクリームのグラデーションが美しい。

最後の仕上げを始める。

本来のレシピなら、ここにココアパウダーを振りかけて化粧をするのだが、ココアパウダーではエスプレッソで濃く煮出して作るコーヒーシロップに隠れてしまい見た目も味も香りも効果が薄いと俺は常々考えている。

だから、最後にアレンジを加える。

オレンジの皮を干したものを粉末にしたものをかける。色が鮮やかになり、生とは違い、こなれた酸味と風味がコーヒーとよく合う。

「さあ、完成だ。これが祭りで出す、祭りでしか食べられないスイーツ……ティラミスだ」

祭りでしか食べられない理由。そもそも、この大陸には牛の乳は少量しか出回っていない。ましてや寒冷な気候でしか作れないマスカルポーネチーズなど存在しない。この大陸でコーヒー豆の輸入に成功しているのはザナリック商会という三つだ。

ティラミスを切り分け、コーヒーと併せて、全員に配る。

「いい香りだね。コーヒーの香りとオレンジの香りが顔を近づけなくても届くよ」

「とても美味《おい》しそうな匂《にお》いです」

「ええ、これだけ香りを楽しめるデザートは他にないですの」

そう、ティラミスほど香りの強いデザートは珍しい。

エスプレッソを使った本物は、まず香りで客を酔わせる。

「一口、食べたら、コーヒーを口にしてくれ」

「あっ、オルクさん。ハチミツください。私、苦いの苦手で」

「だまされたと思って、今日はブラックでやってくれ」

キツネだからか、味覚が敏感なクルルはコーヒーの香りは好きだが、苦みは苦手で、いつもハチミツをたっぷり入れている。

それを知ってて、あえてブラックで出した。

「……ちょっと怖いですけど、信じます」

「おとーさん、マーレ、早く、食べたい！　まだ、だめなの？」

「ああ、すまない。もういいよ」

それを合図にして、全員が口をつける。

「あっ、美味しい、なんかとっても、その、お洒落《しゃれ》な味だね」

「不思議です。苦いのに、苦くないです」

「びっくりするぐらい、高貴な味ですわ。甘くて、苦い、初めての味。でも、とっても好きです。これ、とても社交界受けがいいお菓子です」

「美味しいの！」

良かった、ちゃんと口に合ったようだ。甘苦いというのは彼女にとって初めての経験。もしかしたら、拒絶されるかもしれないと不安があった。

にしても、クルルの鋭敏さには驚かされる。

苦いけど、苦くない、それこそがティラミスの特徴。

エスプレッソをしみ込ませた生地など、本来なら苦くて万人受けしない。だが、強烈な第一印象のあと、優しい甘さのマスカルポーネチーズが、その苦みを包み込んで、その後に甘さがくる。

ならばこそ、苦さが嫌みにならない。これは普通のチーズではできないこと。

普通のチーズでも苦さを包み込むだけならできるが、酸味が味の調和を崩してしまう。酸味がなく、強いコクと優しい甘さのマスカルポーネチーズだからこそ、エスプレッソに対抗できるのだ。

「次はコーヒーを飲んでくれ」

「あっ、口の中がさっぱりする」

「私、初めて、ブラックが美味《おい》しいって思えました！」

「とっても、いいマリアージュですの」

「これ好きー」

コーヒーとティラミスの相性は最高だ。

口の中にこびりついたチーズクリームは、コーヒーの口当たりを柔らかくし、コーヒーはチーズのしつこさを洗い流す。

「このセットを、祭りで売り出すつもりだ。……何もしなくても口コミで広げられる自信はある。だが、念には念を入れて宣伝しておきたい。そのためにルリネの力が必要だ。どうだ、ルリネ？　これはお前が絶賛するに値する菓子か？」

ルリネに注目が集まる。

ルリネが年齢に見合わない、大人びた微笑《ほほえ》みを見せた。

たまに、妹のルリネが年上に見えることがある。

「もちろんですわ。これほどのお菓子は初めてですの。みんなに自慢したくなりました」

「それは良かった。なら、宣伝、頼む」

「ええ……それと相談がありますの、ティラミスは氷と一緒に入れて冷やしておくとどれぐらい持ちますの？」

「味が保てるのは三日だ。食べられるのは五日」

「では、もう一つ作っていただけませんか？　明後日、お茶会がありますの。ホストは、我がフォーランド王国。各国の上流階級の子女を集めた勉強会のあとに、親睦《しんぼく》を深めるために開催されます」

「そこにティラミスを出すのか？」

「ええ、どうせ宣伝をやるなら徹底的にいきましょう。それに、今、城中のパティシエが頭を悩ませておりましたの。この戦争にどうやって勝とうかと」

上流階級の子女を集めた茶会に出すお菓子。

それはけっして軽んじていいものではない。お菓子というのは文化を図る物差しになりえる。

食事ではなく、菓子……娯楽だからこそ、各国の国力と文化力を試されるのだ。王族がホストとなり、その場で出されるものは、その国でもっともすぐれた菓子と、各国の貴族たちは見てしまう。下手なお菓子を出そうものなら、国が軽んじられる。

「いいのか？」

「味に自信がありませんか？」

「問題は別だ。俺が宮廷菓子職人ならいい気はしない。彼らのプライドを傷つけることは長期的に考えればマイナスだ」

「ふふっ、それはうちの宮廷菓子職人たちを舐《な》めすぎですの。素晴らしいものは素晴らしいと認め、そして、それを超えようとする志を持っていますわ。ならばこそ、我が国の宮廷菓子職人が務まるのです。もちろん、彼らにもこれを食べさせますわ。その上で、これを超えられるか問います」

……なるほど、宮廷菓子職人たちの心情を考えられてないのは、ルリネではなく俺のほうか。

「もし、ティラミスを超える菓子をパティシエたちが作れると言い、作ってみせたら?」

「そのときは、そちらを出しますの」

「いい性格をしてるな」

苦笑してしまう。

「だって、私は将来、この国の王になるのですから。国益第一ですわ」

「ああ、とても正しい。さすがだ」

能力はあっても、自分の女を優先してしまう俺と違い、ルリネは正しく国を第一に考えられる。

「でも、オルク兄様が勝ってしまうとルリネは信じておりますの」

「わかった、なら頼む。大きさは、この金型にいっぱいでいいか?」

「ええ、それだけあれば十分ですの。世界中で、オルク兄様のティラミスは噂になります」

「わかった。なら、注意点だな。空気に触れれば味が劣化する。このクーラーボックスに、十分な氷と一緒に入れておくから、食べる直前までは開けないでくれ」

「わかりましたの」

これはもう生菓子の宿命だ。

クリームは空気に触れれば触れるほどまずくなる。空気に触れないように密閉型の容器に入れ、湿度が十分かつ低温に保った保冷庫に入れてようやく味を保てる。

「でも、どうしましょう？　うちの宮廷菓子職人たちに味見させる分が」

「いや、まだ余ってるじゃないか。こんなに」

ルリネが金型一つで十分と言ったのは、お茶会の常で上品に小さく切り分けるなら、二十人ぐらいには切り分けられるからだ。

当然、まだまだ俺が作ったティラミスは残っている。

「何を言ってるのかな、オルク」

「私たち、お代わりしますよ」

「やー、マーレはもっと食べたいの！」

にこにこ笑って、ティータが全員分のお代わりを取り分けている。

それも初めに俺が盛りつけたものより多い。

「ねえ、ルリネもお代わりするよね？」

「もちろんですの」

「……おい」

全員分を大盛りにすると綺麗にティラミスがなくなった。

いはずがない。

たっぷりコーヒーシロップを吸い込んだ生地に、脂肪分の塊であるチーズたっぷり。太らないはずがない。

「太るぞ」

「大丈夫だよ、今日は、ルリネの訓練に付き合ったからね」

「知ってます？　キツネって、必要以上の脂肪はつかないんです」

「マーレはもっと大きくなりたい」

全員、まったく太るのが怖くないらしい。

ルリネもにこにこしながら食べている。

……まあ、こんな鬼みたいな訓練を毎日しているなら消費カロリーが上回るか。

だいたい、ルリネはもう少し肉がついたほうが抱き心地がいい。

今度、もっと太りそうなお菓子を作ってみようか？　ドーナッツとかがいいな、油、砂糖、炭水化物。太るために必要なものがそろい踏みだ。

「オークックック」

ついつい、オーク笑いが漏《も》れてしまう。

太れ、もっと俺好みになれ。

ひそひそひそと、ティータたちが何やら、陰口を言っている。

頼むから、普通に言ってくれ。

「ごほんっ。……仕方ない、じゃあ、金型いっぱいに二つ作ろう。一つは城のみんなで食べてくれ」

「はいっ、そうさせてもらいますの！」

一つ作るのも、二つ作るのも手間は変わらない。

それでみんなが喜んでくれるなら、それでいい。

……これで世界中にティラミスの噂が広がる。当日は、人が押し寄せるだろう。

まあ、それだけに俺の持っている牧場の牛だけじゃ牛乳が百%足りないんだが。

故郷に戻って、なんとかあいつらに牛乳の融通してもらわないと。

第十一話：私の愛妹はエロエロです

夜になり、俺はルリネの部屋にやってきた。

彼女のベッドにパンツ一枚で腰かけている。

そして、俺のオークさんはぎんぎんだ。

（ありがとう、ティータ、クルル）

二人は快く、俺を送り出してくれている。滅多に会えないルリネが可哀相《かわいそう》だから、今日は譲《ゆず》るという言葉と共に。

……ティータは微妙に笑顔が硬かったし、クルルは頬《ほお》を膨《ふく》らませていたのは気にしないことにした。

マーレは二人が面倒を見てくれるらしい。

なんだかんだ言って、すっかりマーレは二人になついている。

あの子は俺の娘なのだから、好みも似るのかもしれない。……本当に女の子で良かった。

たとえば、自分の子供でも嫉妬《しっと》してしまいかねないからな。

いや、これまずくないか。二人との愛の結晶が男の子だったら心の底から愛せないかもしれない。いや、実際に生まれたら大丈夫だろうとも思えるのだが可能な限り不安要素は消したい。

　幸せな将来のために、今から生まれる子供を女の子にするような研究を進めておくべきか……。

（って、今はそんなことを考えている場合じゃないな）

　そう、今からルリネと愛し合うのだから。他のことを考えているのは失礼じゃないか。

（ルリネとは久しぶりだな）

　ルリネは王城を離れられず、俺は俺で理想のハーレムづくりのために王城に留《とど》まることができない。愛し合っているのに一緒にはいられない。

　ルリネと愛し合える機会は少ない。

　ちなみにルリネは隣の部屋で着替えていた。

　扉が開く音がしたので、そちらを向く。

「すごい恰好《かっこう》だな」

「オルク兄様に喜んでもらおうと思って用意しましたの」

　すけすけのネグリジェで、大人な下着が透けて見えている。色気が溢《あふ》れる恰好だ。

　とても俺好みなのだが、いったい、どんな生地を使っているのか気になって仕方ない。

　おそらく質感からして生糸。だけど、こんなにも透明感がある生糸があるだろうか？

「オルク兄様ったら、ルリネのことより、この服が気になりますの？」

　恥ずかしさと悔しさが混じった目でルリネがこちらを見てくる。

「ルリネに興奮はしてる。だが、新素材への興味もつきない」

商人としての血が騒ぐ。

この世界にもすけすけのネグリジェはあるが、それはあくまで細い糸で隙間《すきま》たっぷりに縫って透かしを作るという手法。

だが、これは生地自体が透けているように見えるのだ。

化学繊維ではなく生糸で透明なものは現世でも見たことがない。

「もう、しょうがないですの。御用達《ごようたし》の商人がもってきた、魔物の糸で紡いだもの。魔物の名前はたしか、ミノロキャタピラー。綺麗なだけじゃなく、刃物を通さないので、暗殺防止にもいいと売り込んで来ましたの」

「ミノロキャタピラー……聞いたことがないな。試していいか」

「いいですけど」

「土の精霊よ」

土の精霊に頼み、金属を生み出し、さらに成形していく。

リハビリの効果がかなり出て、いい感じのナイフになった。

魔術の精度はようやく二流以上、一流未満。まあ、ようやく一人前と言われる水準だ。

魔術で生み出したナイフをしっかりと握り、ルリネに向かって突き出す。

いわゆる、王族殺しに駆り出されるであろうレベルの暗殺者が本気で刺すぐらいの力だ。

これぐらい耐えられなければ、防具として役に立たないだろう。

「ほうっ」

刃が服の上をすべっていく。これならば信用できる。

「けっこう容赦ないですのね」

「強度をルリネが試してないわけがない……そのルリネが防がないなら問題ないと思ってな。うん、これはいい。お兄ちゃん、安心だ」

これを下着として普段から愛用していれば、不意打ちをされても一度は防げる。

「もう、ムードをもっと大切にしてほしいですの」

ふくれっ面《つら》のまま、俺の隣に腰かけて、身体をくっつける。

こういう何気ない仕草が愛《いと》おしくてたまらない。

「悪かったな。ルリネが心配だからこそ、ルリネの身に着けているものは気になってな」

ネグリジェの中に手を滑り込ませ、さらにはブラを外し、ルリネの可愛《かわい》らしい胸を愛撫《あいぶ》する。

「んっ、いやらしい、手つき」

「俺はいやらしいんだ」

ルリネの桜色の乳首を転がすと、身体がびくんっと跳ねて、息が荒くなる。ルリネはとても敏感だ。

貧乳は敏感。

前世の格言は本当だったのかもしれない。

胸を愛撫《あいぶ》しながら、押し倒し、そして口づけをする。

ルリネのほうから、積極的に舌を絡《から》ませてきた。

お互いの舌が絡みあい、引き抜くと糸を引いた。

「うまいじゃないか」

「ふふふっ、王家に伝わる、良妻の心得の上級編で勉強しましたの。上級編は、経験してからじゃないと見ちゃだめってだけあって、とっても実戦的で、えっちなことが書かれていましたの」

俺も見たことがない、フォーランド王家に伝わる謎の書物。

その意図は、政略結婚で嫁いだ先で相手を籠絡《ろうらく》するように教育するもの。

結婚したあとの籠絡なんて馬鹿げていると思うかもしれないが、貴族において政略結婚というのはありふれており、ありふれているが故《ゆえ》に、結婚に対して貴族たちはどこか冷めている……というより割り切っているものが多い。

あくまで、結婚は家のためにするもので、恋愛のほうは愛人を作ってやりたい放題。

そして、その愛人というのが厄介《やっかい》だ。心が家の外に向けば、家の中がないがしろになる。

そもそもその愛人というのが政敵たちが付け入ろうとするときに真っ先に狙う場所。つまりは、貴族社会において夫婦間が円満というのはとても重要。

そのために、男を立てて、煽《おだ》てて、手玉に取るための会話術や振る舞い、さらには夜の営みで骨抜きにする。そのための技術を百年かけて研鑽《けんさん》し続けて記した所が良妻の心得。

(馬鹿げているようで、割りと洒落《しゃれ》にならないよな)

さすがは超大国フォーランド、抜け目がない。

「ふふふっ、今日はオルク兄様のをお口で可愛《かわい》がってあげますの」

ごくりっ。

こういう技は、ティータやクルルはできない。というか、そういう知識を得る機会がないし、なんとなくそういうのを二人に俺が教えたくない。

「ああ、頼む」

妖艶《ようえん》な笑みをルリネが浮かべ……そして、ゆっくりと俺のオークさんに……。

◇

朝飯前に、俺とルリネは訓練場にいた。

「うふふっ、身体が軽いですの！　それに魔力も、気も、筋力も格段にあがりました！」

ルリネと剣を打ち合っている。

強くなれたのがよほどうれしいのか、心の底から楽しんでいるのが伝わってくる。

「ああ、もうルリネに勝てるのはフォーランド王国にも片手で数えるほどしかいないんじゃないか？」

「剣の技量だけなら十人ぐらい私の上がいます。でも、強さならそうですの」

よく、柔よく剛を制すというが、それは正しいが間違っている。

力の強いものも当然のように技術を磨く。

よほど技量の差がなければ柔よく剛を制すは成立せず、技量というのは上に行けば上に行くほど、先へ進みにくくなる。

とある一定以上の技量を身に付けた者同士になると身体能力がものを言う。

もっとも、そんな常識を打ち壊す化物も存在するが。

にしても、ルリネの剣の技量も十二分に素晴らしい、年齢を考えると驚嘆すべき。それでも十人は技量で上回るとなると、フォーランド王国の層の厚さはなかなかだ。

ルリネの剣が激しくなっていく。表情も興奮して、心底楽しそう。

だが、そのせいで剣が雑になっている。

馬鹿正直に正面から大振りで振り下ろされた剣をはじき、一歩前進、手刀を喉元《のどもと》に突きつけた。

「強くなってうれしいのはわかるが、はしゃぎすぎだ。強さに溺《おぼ》れれば、その隙《すき》を突かれて死ぬ」

「うっ、言い返せませんの」

顔を赤くしている。調子に乗っていることを指摘されて恥ずかしいのだろう。

俺も彼女の気持ちがわかる。

まあ、こういうのは武術をたしなむもの誰もが通る道だ。

「今日はここまで。朝食にしよう」

「はいっ、じゃあ、その前に一緒にシャワーを浴びましょう！　その、汗を流しながら、ルリネを可愛《かわい》がってくださいませ」

「それは、強くなるためか」

「それだけではないですの！」

ここで否定をせずに、なおかつ俺に愛してほしいという純粋な気持ちもしっかりと伝えてくるあたりがルリネだ。

まったく、昨日は気絶するほど激しく愛し合ったというのに、貪欲《どんよく》な子だ。

まあ、俺のオークさんもルリネをもっと愛したいと言っているし、なにより妹のわがままを聞くのは兄の仕事でもある。

第十二話：リニアモーターカーって三十年前に完成しているはずだった

朝からルリネといちゃつき、食事を済ませたあとはすぐにオークカーで出発した。

悲しいことに、商業都市から見た場合、フォーランド王国と故郷の村は正反対にあり、かなり移動に時間がかかってしまう。

だいたい、六百キロほどの道のり。

六百キロというのはおおよそ東京から青森まで。当然、そこまでの道は未舗装路。普通の馬車なら一か月はかかるし、さすがのオークカーでもかなり厳しい旅になる。

そのはずなんだが。

操縦桿《そうじゅうかん》を握っているクルルの顔が緊張でこわばっている。

「なんですか!?　このオークカー、ホバーモードって」

いつもとは比べ物にならない速度なのが原因だ。

走るというより、低空を滑空している。

「ああ、オークカーの七つ道具の一つだ」

オークカーは別名、オークGOGOGO。当然、元ネタと同じように七つ道具がある。

緊急用ロケットブースター、オーク砲、アークアクアリウム、水中モード変形などはすでに見せてあり、ホバーモードは初見せだ。

「悪路を進むと効率が悪いだろ。いくら、大型タイヤを履いていてもな」

オフロードを進む際、時間もかかるが燃費も悪くなる。オンロードの三倍以上魔力を食う。

それを防ぐために、ホバリング。

こうすれば、悪路もなにも関係ない。

「どういう理屈で浮いてるかもわからないのがとても気持ち悪いです。どう考えてもこの重量を浮かすなんて燃費最悪のはずなのに、あんまり魔力が吸われてません」

「マナの反発現象の応用だな。性質の違うマナは反発しあう。だから、大地を流れるマナの龍脈《りゅうみゃく》の上で、龍脈のマナと反発する性質を持つマナを放出すると、当然のように浮く」

「ああ、だから龍脈の上を走れって言ってたんですね。でも、それならどうやって前に進むんですか？」

「車体をいくつかのブロックにくぎって、反発と吸引を高速で切り替えてる」

「……あっ、そういうことですね」

この雑な説明だけでわかるとはさすがはクルル。

原理的には、磁力を利用したリニアモーターカーと同じだ。

というか、単純に電磁石を魔力に置き換えただけ。

「すごい発明ですね。これ、移動に必要な魔力の効率がものすごくいいですし、とんでもないスピードです。どうして、今まで、この機能を使わなかったんですか？」

「単純に龍脈《りゅうみゃく》の上、それもかなり強いマナが流れてる龍脈の上じゃないと使えない。それ以外だと、反発させるのに必要な魔力がとんでもないことになる」

「ですね、これだけの龍脈、滅多にみられないです」

龍脈というのは、世界にマナを循環させるために張り巡らされてはいるが、いわゆる本流と呼ばれる太いものはそうそうお目にかかれないものだ。

「フォーランド王国から、オルクさんの故郷の村まで都合よく、太い龍脈があって良かったです」

「まあ、偶然じゃないんだけどな」

「えっ、どういうことですか？」

「母さんは父さんと結婚してから、しばらく引き継ぎやらなんやらでフォーランド王国で暮らしていてな、大賢者マリン・エンライトが結婚祝いに、フォーランド王国と俺の村を結ぶ、転移用の魔道具を贈ったんだが……それが龍脈の流れを利用するもので、そのときに作ったらしい」

「まっ、まさか、結婚祝いのために、龍脈を人工的に敷いたんですか⁉」

「敷いたっていうより、いくつかの細い支流を束ねつつ整備したってことらしいが、とんでもない話だ」

世界のマナ循環システムに人の身で手を加えるなど、あの大賢者以外考えつきもしないだろう。

「めちゃくちゃですね」

「ああ、めちゃくちゃだ。っていうわけで、今までホバーモードは使いたくても使えなかった。まあ、理由はそれだけじゃないんだがな」

「……すごく嫌な予感がしますが、一応聞いておきます」

「危険だからな。龍脈からの反発で飛んでるなら、龍脈から外れればどうなると思う？」

「一瞬で浮力を失って事故るじゃないですか！」

「正解だ。しかも、龍脈の上にはいろんな障害物が山ほどあるからな。今、時速五百キロ程度か。オークカーでも耐えられるか怪しいダメージを負うし、車体が無事でも中身が悲惨なことになるだろうな」

「これ、スピード落とせないんですか⁉」

「無理だ。高速で、吸引と反発を切り替えるシステムの術式が複雑すぎて、速度調整なんて面倒なものを組み込む余地がない」

この超高速スイッチ切り替えシステムは本当に苦労した。

苦労しすぎて、実装だけで力尽きるほどに。

「ばかですかぁぁぁ、この速度で障害物付き綱渡りなんてどう考えても頭おかしい、って、目の前に巨大な岩山があああああああああああ」

「幅が広すぎて、迂回《うかい》できないな。しょうがない、アレを使うか」

助手席に置かれている、黄色と黒の縞々を背景にした赤いボタンに手を伸ばす。

海でも活躍したアレだ。

「あっ、それって」

「うん、緊急用ロケットブースター。というわけで、みんな近くにあるものにしがみつけ」

クルルが青い顔をしてハンドルにしがみつき、ティータもマーレを抱えてシートベルトをつけた。

これでもう大丈夫。

「ぽちっとな」

斜め前方に噴射されるように設置されている、緊急用ロケットブースターが点火。

いっきにオークカーは天へと舞い上がる。

勢いよく、魔力コンバータの貯蔵魔力を使いながら音速一歩手前まで加速。

「やっぱり、これ、怖いですよおおおおおおお」

「きゃあああああああああああああ」

「おとーさん、これ楽しい！」

クルルが絶叫して操縦桿《そうじゅうかん》にしがみついて、ティータとマーレが俺に抱き着いてくる。

三者三様に空の旅を楽しむ。

うん、やっぱり緊急用ロケットブースターはとても楽しい。

問題は燃費が地獄ってことだ。

大容量魔力コンバータは一気に枯渇。

あとは重力にひかれて落ちていく。

「クルル、龍脈《りゅうみゃく》の上に着陸しろ。じゃなきゃ、機体が着地の衝撃に耐えられない」

「やりますっ、やりますけど、風の魔術で誤差補正してください。普通の姿勢制御だけじゃ無理ですよおおおおおお！」

「今の俺はあれだし……ティータやってみてくれ」

「えっ、私がやるの!?」

「ティータは風の精霊に愛されてる。リハビリ中の俺よりも信頼できる」

「わっ、わかったよ」

クルルが必死に姿勢制御を行う。

だが、あまりにも速度が速い上に、そもそも今は地上二百メートル。陸地が遠いし、龍脈の幅はせいぜい五メートルあるかないか。

さらには空中ではまともに動けないというのもある。

「ティータさん、右に」

「こうっ」

「そんな感じです、その風の強さで！」

なかなかのコンビネーション。

どんどん地面が近づいてくる。

「これ、落下速度が速すぎて、龍脈《りゅうみゃく》の上に落ちてもまずいんじゃ」

「私の風だと、減速が間に合いません」

「大丈夫、そろそろ失速してくるから」

自由落下での加速が収まってきた。

理由は簡単だ。高度が落ちて龍脈に近づくほど、マナの反発が大きくなる。その徐々に反発が大きくなるという性質がいい感じに着陸の衝撃を弱くする。

(とはいえ、ちょっとまだ速すぎるか)

俺も風でクッションを作ろうとしたとき……。

「マーレにお任せなの！」

マーレが魔術を使い、落下速度がさらに落ち始めた。

風を使ったわけじゃない。

彼女が使ったのは……。

「マナの反発術式」

心の底から驚かされる。

かなり高度な魔術だ。龍脈を流れる魔力の性質は実のところ一定じゃない。それに対し、常に反発する性質に魔力を変化させ続けるというところが、この魔術の難しさ。

「ずっと見てたから、わかるの」

やだっ、うちの子天才かもしれない。

ティータの風と、マーレの術式、オークカーの機構、それらがかみ合い、理想的な速度で龍脈の上に着地、再び、とんでもないスピードでかっ飛ばす。

「なんとかなりました。ティータさん、マーレ、ありがとうございます」

「クルルちゃんの操縦のおかげだよ」

「やー、マーレがんばったの！」

マーレだけが元気で、クルルとティータはくたびれている。クルルのもふもふ尻尾《しっぽ》がしぼんでいるのは気のせいではないだろう。

「ここからしばらくは何もない平地だ。気楽にしてくれ」

「それを聞いて安心しました……ティータさん、運転代わってください」

「あの、クルル。ごめん。その、私じゃ、今みたいになったとき、対応できないって思うんだ。その、死にたくないし、殺したくない」

「それは……そうかもしれないです」

「その、あとで埋め合わせはするから、今日はがんばって」

クルルの顔がまるで、ブラック企業で三徹しているプログラマーのような顔になった。

「オルクさん、目的地に着いたらお説教です」

「なんでだ⁉」

「もっと乗り手に優しい設計にしてください！」

理不尽だ。

まあ、だがクルルに頑張ってもらうしかない。

ティータはそもそも操縦技術は高くないし、俺もリハビリ中、クルルじゃないとこの暴れ馬は任せられない。

そして、俺はさきほど「しばらくは何もない平地」と言った。逆に言えば、しばらく走ったあとはそうではないということ。

そう、地獄の超テクニカルコースが待っている。

きっとこれから一時間後には、クルルはさらにげっそりし、ティータは悲鳴をあげ、マーレはきゃっきゃと笑う。そんな、楽しい展開が繰り広げられるだろう。

第十三話：嫁が美人だと里帰りで自慢したくなる

俺の故郷の村にたどり着き、オークカーが停止する。

みんながオークカーから降りたのだが、クルルは明らかに不調で、足はふらふらで頬《ほお》がこけている。

「やっ、やっと解放されました。もう、運転したくないです」

地獄のテクニカルコースで心をやられたらしい。

一歩間違えれば、ハードラックと踊《ダンス》っちまう状況が一時間も続けば無理もない。

途中、限界を超えた先で覚醒《かくせい》し、見えるとか言い出してニュータイプ感を出していた。

よくよく見ると、火の精霊の力を借りて目ではなく熱で世界を感じるなんて芸当をしていた。その効果は、いわゆる剣の境地とか、そういうのと同等で天才という生き物は追い込まれるとこういうことになるのかと感心した。

また、今度追い込んでみよう。

「その、お疲れさま。がんばったね」

ティータがクルルに肩を貸している。そのティータもけっこうしんどそうだ。

時速五百キロのジェットコースターに乗り続けたようなものだからなぁ。

だが、一人だけ元気な奴もいる。

「とっても楽しかったの！　また乗りたいの」

マーレだ。遊園地でジェットコースターを何周も乗りたがる子供と、それに付き合わされるお母さん……そんな姿を幻視してしまう。

ちなみに俺も割りと疲れているが、かっこつけなオークなので痩《や》せがまん中。

「村の中に入るのは、少し休んでからにしようか」

「……そうしてください、オルクさんのお友達とか、ご家族に、今の顔を見られたくないです」

「あっ、そういえば、そうだね」

二人がいそいそと髪を整えたりしていた。しんどくても、そういうのを気にするあたり女の子だなと思う。

「とりあえず、これでも飲むといい」

疲労回復用のポーションを取り出した。

いろいろと希少な薬草を使った魔法薬で貴重なものだが、出し惜しみはしない。

「遠慮なくいただきます」

「私はいいよ、クルルと違って、乗ってただけだしね」

ティータはこれの原料とその値段を知っているが故《ゆえ》の遠慮だろう。

一般的な労働者の給料三か月分はする。……市場で材料を買い集めればの話だが。

遠慮をするなと言っても、ティータの性格なら断るだろうし、俺はクルルにだけ渡す。

血の気を失っていたクルルの顔に赤みが戻ってきた。

「これ、ものすごく効きますね！」

「特製だからな」

クルルの尻尾《しっぽ》が膨《ふく》らみ、いつものもふもふ尻尾になった。

二人は恥ずかしいところを見せたくないと言ったが、俺は俺で彼女たちを自慢したいという気持ちはある。

やっぱり大好きな二人だからこそ、一番可愛《かわい》い状態の二人をみんなに見てほしいし、俺の女は最高だと自慢したい。

◇

オークの村に入っていく。

懐《なつ》かしの故郷だ。望郷の念というのは俺にもあったようだ。

今でも目を閉じれば、俺が故郷を出発したあの日のことを思い出す。

……俺を見送るときのあの横断幕は当時感動で涙を流したが、今思うと相当ひどいな。

ティータたちは興味津々《きょうみしんしん》という顔で周囲を見渡す。

「うわぁ、すごいね。ものすごくおっきな畑と牧場だよ。見たことない果物の木もたくさんあるね」

「これ、本当にオークの村ですか？　信じられないです。インフラだって、王都並みじゃないですか。これ、上水道、下水道完備されてますよね？」

「まあ、うちの村人はみんな頭脳も力も魔力もすごいからな」

エヴォル・オークは同族と結ばれれば、血に取り込んだ他種族の力がリセットされる……とはいっても、通常のオークよりは力も魔力も知恵も上。

そもそも下級のオークだと言語すら操れないし。

というか、オーク基準ではなく、全魔物の中でもかなり上位の存在だ。そんなエヴォル・オークたちがガチれば少人数で効率的で先進的な農業や畜産が可能。

ましてや、実は村人全員がエヴォル・オーク時代に築いた超文明の遺産なんてものがあったり。いくつかは世界を滅ぼしかねない発明として地下施設に封印されているらしい……。

俺も実物は見たことがない。族長だけに代々封印の地は引き継がれると聞いているが、今から楽しみである。

「オークの村のイメージと全然違います。なんていうか、ふつうって、もっと原始的な感じじゃないですか！」

「冷静に考えろよ。俺がいた村だぞ」

「うっ、すさまじい説得力です」

豊かで先進的な食糧生産体制がなければ、道楽で味を追求した牛を育てたりしないし、カレーを食べるためだけのスパイス農園なんてものを作ったりはしない。

「それでも俺が生まれる前は全然違ったらしいんだけどね」

母さんが村に来るまでは栄養さえあればいいという考え方だったらしい。だから、いわゆるふつうのド田舎の農村と大差なかった。能力があっても、美味《おい》しいものを食べたいという動機がなければそんなものだ。

しかし、母さんが美味しいごはんを広め、一度美食に目覚めてからはひたすらに凝《こ》り始めるようになった。

もともと優秀で、食料は片手間でも十分に作れた村人たちがありあまった時間と労力を費やす先ができた。その進化は凄《すさ》まじかった。

さらには、俺の前世の知識で披露《ひろう》した料理や、ふと漏《も》らした知識が一人歩きし……今や、エヴォル・オークの村は大美食時代に突入しているのだ！

「おとーさん、あの美味しそうな果物食べていい？」

マーレが指さしたのはバナナだ。

真っ黄色に熟して美味しそう。

てか、あんなもん俺が居たころにはなかったぞ⁉

気候的にはありえない。

寒い大陸にはなさそうな果物ランキングナンバーワン。

（いったいどうやって作ったんだ？）

まあ、前世では北海道でも育つバナナなんてものが品種改良で出来てしまっていた、こっちの魔術技術があれば作れてもおかしくはない。

オークの科学力は世界一！

「勝手にとるのはだめだぞ。あっ、ちょうどいい、オクロウ！」

このあたりいったいの畑を所有している大地主のオクロウが現れた。……農業やっているオークは全員好き勝手に重機並みのパワーで開拓するのでみんな大地主ではあるが。

彼の見た目はいわゆる世間一般的にイメージされるオークだ。緑色の皮膚《ひふ》、ゴリラ型の体付き、二メートル強の巨体、さらには立派な牙《きば》。

「おーい、バナナ一房もらっていいか？」

「んっ、バナナ？　あああ、バルルのことかぁ。ええよ。もってけ」

持ち主のオークはサムズアップをしてくれたので、ありがたくバナナを一房、もがせてもらう。

持ち主はバルルと言っているが、俺の中ではバナナだ。

それをティータたちに渡して、皮を剝《む》くところを見せると、俺の真似《まね》をしてみんながバナナを口にする。

「美味《おい》しいね、ネットリして」

「なんか、果物って感じじゃなくて、お菓子って感じです」

「もう一本、食べたいの！」

クルルの表現は面白い。確かにバナナは果物って感じがあまりしない。

とくに焼いたりするとクリーム菓子のようになるし。

うん、この味はやっぱりバナナだ。

「これ、いったいどこから原種を持ち込んだんだか」

美食に目覚めた村人たちの行動力は異常で、もうどこから何をもってきているのか、俺ですらよくわからない。

何があってもおかしくない魔境、それがオーク村だ。

そんなオーク村を背負う若者たち……俺の友人たちが駆け寄ってくる。

さっき、バナナを譲《ゆず》ってくれたオクロウが呼んでくれたのだろう。

あいつは気が回りすぎるオークだったな、昔から。

やってきたのは昔は俺を虐《いじ》めていた三人組。

全員完全に大人な体格。エロゲーの竿《さお》役だって余裕で務められる立派なオークたちに育っている。

ティータとクルルが少し怯《おび》えてしまったのは仕方ないだろう。

「久しぶりだな、キュウベエ、メガネ、モウチャ」

「おっ、久しぶりなんだぜ。オルクぱねえな。まじでめっちゃ可愛《かわい》い子連れて帰ってきやがった」

「ふっ、僕の計算によると。僕たちの今日のオナネタになる可能性は98%です」

「いいなー、オラもめんこい嫁がほしいな」

三人組オークが揃《そろ》うと、どこぞのずっこけた三人組が思い起こされる。

実際、あの三人組と役割も同じだ。リーダーでトラブルメーカーのキュウベエ。頭脳派でいつも変な発明をするメガネ、そしておおらかで優しいがいざというとき頼りになるモウチャ。

まあ、全員ただのエロオークだけど。

「紹介しよう。自慢の嫁たちだ」

俺の言葉に反応するように、後ろに隠れていたティータとクルルが前にでる。

「えっと、オルクの妻のティータだよ。よろしくね」

「私はクルルです。その、よろしくお願いします」

二人が頭を下げると、オーク三人組は顔を赤くしたり、もじもじしたり、とても気持ち悪い反応をする。

彼らは他の種族の可愛い女の子と接する機会がほとんどなく耐性がないに等しい。

俺も昔はうぶで似たような経験をしたものだ。

「おっ、おう、よろしくだぜ。生エルフ。ごくりっ」

「うっ、キツネ耳、もふもふ尻尾《しっぽ》、なんてＭＰ（萌えパワー）。しかも僕に微笑《ほほえ》みかけてくれただと!?　これは僕に惚《ほ》れている確率97％。だけど、僕は友人のオルクを裏切れない……しかし、僕は愛に生きるオーク。それに少女の涙は好きじゃない。すまない、オルクっ」

「メガネちゃんさぁ……なんでメス絡《がら》みのときだけ馬鹿になるのぅ」

意外としっかりもののモウチャが普段は頭がいいメガネに突っ込みを入れる。

オークの村一の切れ者のメガネ唯一の欠点。それは童貞臭《くさ》さ。きっと、女の子に手を触れられたら、その時点で彼女認定してしまう、そんな危うさがある。

小声でティータとクルルに、間違ってもメガネに触れるなと釘を刺しておく。

「その、三人とも元気そうだな」

「元気だぜ。そっちも元気そうでなによりなんだぜ」

キュウベエの背中をメガネとモウチャが突ついている。

「キュウベエ、ほら、言ってくださいよ」

「そうだよぅ、僕、楽しみにしてたんだからさ」

キュウベエがしょうがないなぁという顔……いや、実はそれはただのポーズで本当は自分もノリノリな感じの、すっごい気持ち悪いノリで話を切り出してきた。

「オルク……いや、ティータさん、クルルさん、友人を紹介してくれ！　ぶっちゃけ、合コンがしたいんだぜ！　エルフとキツネっ子と合コン、それができるなら、俺たちは何でもするんだぜ！」

そして、まさかの土下座《どげざ》。

靴でも余裕で舐《な》める勢いだ。

「ふっ、僕からもお願いするよ」

「おいらたち、可愛《かわい》い女の子とお近づきになりたいんだな」

メガネとモウチャもそれに続き、屈強なオーク三人組による土下座と、世にも奇妙な光景が広がる。

完全にティータとクルルが引いている。

「その、ごめん。いや。オルク見てると、オークって浮気しそうな感じがして、友達は紹介できないよ」

「私も無理です。というか、私の場合、元から同族に友達がいません」

三人組がすごい形相で俺を睨《にら》む。

それからひそひそ話をするが、耳がいいので聞こえてしまう。

「聞いたかよ。あいつのせいでオークは浮気者ってイメージ広まっちまってるよ。オークの面《つら》汚《よご》しなんだぜ」

「ああいうオークがいるから、オーク全体のイメージ悪化につながるんですよ。お二方とも、僕たちオークから見てもそいつは異常ですから安心してください」

「おいらたち一途なんだな。ハーレムなんて言い出すくそオーク、オルクだけなんだな」

ひっでえな、こいつら本当に友人か!?

合コンのために、俺を一瞬で売りやがった。

くそっ、じゃあこっちも容赦しないからな！

「合コン、何を言ってるんだ？　三人とも、可愛い許嫁《いいなずけ》がいるじゃないか」

にっこりと笑いかける。

オーク三人組の顔がすごい勢いで引きつる。

この村では、だいたいみんな親同士が勝手に決めた許嫁がいるのだ。彼らとて例外じゃない。

せまい村なので、自由恋愛はマイナーだ。

「ちょっ、ばか、オルクおめえ」

「卑怯《ひきょう》ですよ!?」

「こいつ、友達を売ったんだな！　最低のクズなんだな！」

ははは、許嫁がいるのに合コンしようとした罰だ。

浮気するやつはオークのクズ！　これは天誅《てんちゅう》なのだよ。

ほら、噂をすればなんとやら。

「キュウベエ、なに鼻の下伸ばしているのよ」

「メガネ様、ひどいですわ」

「モウチャのばかぁ、私がいるのに」

許嫁《いいなずけ》たちが現れた。

ちなみにオークの雄《おす》と雌《めす》は人間の価値観的には見分けがとてもつきにくい。胸板と胸が見分けつかないし。

オーク的価値観で見れば、許嫁たちは十分可愛《かわい》らしいのだが、俺はオーク的価値観を失いつつあるので、まったくうらやましいとは思えない。

あっ、三人揃《そろ》って首根っこを摑《つか》まれて引きずられていく。

想像以上に彼らは愛されているようだ。

「「嫌だああああああああああ」」

オーク三人組がみっともなくあがいている。

まあ、あれだ。あれはあれで幸せというものではないか。

「その、すごい友達だね」

「ある意味、とってもオルクさんの友達っぽいです」

「どういう意味だ⁉」

「割りとそのままの意味です。……でも、良かったんですか。あのお友達ですよね、美味《おい》しい牛を育ててるの。怒らせちゃったんじゃないですか？」

「ああ、怒らせたが大丈夫だ」

ある程度予想できた展開なので、きちんと手は打ってある。

「奴らにはいい土産《みやげ》をもってきた」

俺は背負っていた鞄《かばん》を下ろす。

「ぱんぱんに膨《ふく》らんでるね、何が入ってるの？」

「エロ本」

ティータとクルルは首をかしげた。

彼女たちはエロ本という概念を知らない。

「こういう田舎の村じゃ手に入らない貴重な好きな本だよ。これであいつらは一発だ」

なにせ、俺が今まで見て来た美女、美少女たち（俺の嫁を除く）の写真集。それもただの写真集じゃない。俺の観察眼をもってすれば服の下すら容易に想像できる。そのイメージを念写したもの。これの希少性は計り知れない。

「じゃあ、安心だね」

「ああ、いろんな意味でな」

これを用意したのは賄賂《わいろ》であり、そしてティータとクルルを守るためでもある。

オーク三人組、特にメガネがティータとクルルをオナネタにする確率98％。洒落《しゃれ》になってない。

想像の中ですら、俺の嫁たちが使われるのは嫌だ。
だからこそ、賄賂《わいろ》がてらもっと使いやすいオナネタを提供する。
俺は嫉妬《しっと》深く独占欲の強いオークだ。
すまない、今まで出会った美女、美少女たち。
俺の嫁を守るため、犠牲になってくれ。

第十四話：男の友情ってそこまで尊いものじゃない

あれから、しばらく村の名所巡りをして、秘湯オーク温泉を楽しみ、休憩所で涼んでいた。

快楽を求めるオークたちは天然温泉を地中数百メートルから掘り当て、近くの岩清水を流しこんで温度調節をしている。その岩清水の付近に各種ハーブと薬草を栽培して、香り付けをしつつ効能を増す特別仕様。

この温泉は大変素晴らしいもので、これをもとにした白濁温泉オークの湯を俺は作り、旅館を経営していたりする。

「あがががががががが」

謎の原理で動くマッサージマシーンも素敵だ。

そこに満身創痍《まんしんそうい》のオーク三人組がやってきて、殺すやら、なんやら物騒なことを言っている。

ちなみにティータたちはまだ女湯の中だ。女性のほうが風呂は長い。

「その、なんだ落ち着け」

どうやらよほど許嫁《いいなずけ》たちにひどい目にあわされたのを俺のせいだと逆恨みしているようで、殺意のこもった目で俺を見てくる。

とはいえ、傷の他にもキスマークやら、いろんな体液やら塗《まみ》れなところを見ると、振るわれたのは暴力だけじゃないようだ。

まったくそれだけ愛されているのに浮気するなんて正気とは思えない。オークのクズどもだ。

「おまえなんて友達でもなんでもねえぜ！」

「オルクくんに、渡す牛乳なんて僕らの牧場にはありません」

「おいらたちの純情を踏みにじって、許せないんだな！　美少女合コンパーティを返すんだな！」

さすがオークのくずどもだ。

俺のことを合コンを開くための道具としか思っていないし、浮気したことになんの反省もない。

「落ち着け、なにも俺はただで牛乳をよこせと言っているわけじゃない。ほら、お土産《みやげ》だ」

鞄《かばん》いっぱいに詰め込んだ。お土産のエロ本を渡す。

こんなもので許されると思うなよとか、なんやら、文句を言いつつ中をしっかり見る。

一瞬で彼らのオークさんが大きくなる。

殺意の籠《こも》った表情が笑顔に変わった。

「水臭《みずくさ》いぜ親友、頼み事なんてよ！」

「ふっ、僕らが丹誠込めて育てた牛乳いくらでももっていくといいですよ」

「おいらたちは親友……いや、心友なんだなっ。ばっちり最高の牛乳を届けるだな」

いつの間にか、牛乳を融通してもらうどころか輸送まで請け負ってもらえることになった。

これは非常にありがたい。すごいなエロ本。

「どう使おうと勝手だが、見つからないようにしろよ。見つかったら、燃やされて……潰《つぶ》されるからな」

燃やされるのは本で潰されるのはオーク三人組だ。

オーク三人組がおのおの読んでいた本を鞄につめて、背中を向けて手を振る。

「アディオス、アミーゴだぜ」

「僕らはこれを地下帝国にもっていくよ」

「おいらたちの共有財産なんだな」

彼らは秘密基地……それもかわいいものではなく、俺の屋敷程度の広さがある地下室を秘《ひ》密裡《みつり》に牧場地下に作っている。

古代エヴォル・オーク文明封印の地といい、オークは本能的に地下へ大切なものを隠してしまうものらしい。

俺の凝《こ》り性《しょう》は、エヴォル・オークの特性かもしれない。俺も嫁に秘密の地下室を作っているし。そこには……オークックック。

そんな彼らを見送ると、ちょうど女性陣が秘湯オーク湯から出て来たようだ。

「ものすごく気持ち良かったよ」

「ほかほかです。毎日でも入りたいです！」

「お風呂上がりのフルーツ牛乳おいしいの」

それぞれ、風呂上がりで薄着。ほんのりした肌がエロい。いい匂《にお》いがする。

最高だ。

「そっか、帰ったら屋敷に風呂を作るか」

「作れるんですか!?　手伝います！」

屋敷にシャワーはあるが、風呂がないのは気になっていたし。

「ああ、任せておけ。素敵な風呂を作ろう」

そして、湯上がりエッチをするのだ！

シャワー室エッチもいいが、湯上がりエッチ、いや、湯船エッチも楽しみたい。

「オークックック」

これには思わずオーク笑いが漏《も》れ出すというものだ。

「うわぁ、お風呂でエッチなことをする気だ」

「……でも、お風呂はほしいです」

「エッチなことってなんなの？」

「その、マーレちゃんにはまだ早いよ」

さすがに商業都市で温泉を掘り当てるのはしんどいので、温泉の素を作るとしよう。

そっちのほうがいい温泉ができる。

天然ものをありがたがる連中が多いが、結局のところ薬効とは含まれている成分。人工的に作ったほうがよほど効果が高い温泉が作れてしまう。

◇

そのあともいろいろと村を巡った。

ほとんど食べ歩きだが、村の連中はみんな気前よく、いろんなものを振る舞ってくれた。

「さてと、帰るか」

「もう帰っちゃうんだ」

「もう、用事はすんだからな」

牛乳の目途《めど》はついたし、友人たちとも挨拶《あいさつ》ができた。

これ以上、ここにいる理由もない。

「あのっ、私、オルクさんの実家が見たいです」

「誰もいないぞ？」

なんせ、父さんと母さんは俺が居なくなったことをいいことにラブラブ旅行中……という建前で、なんか世界救済とかやっているっぽいし……いや、あのラブラブ夫婦はそっちをしっかりやりつついちゃいちゃ世界旅行もやっているだろう。

冗談じゃなく弟か妹ができるかもしれない。妹で母さん似だといいな。

いや、一応言っておくが俺は実妹は守備範囲外だ。フィクションならぎりぎりＯＫだが。さすがにリアル実妹はタブー。

「その、オルクさんのお父様とお母さまに挨拶《あいさつ》できないのは残念ですが、単純にオルクさんの育った家が見たいんです！」

「クルル、いいこと言うね。私も気になるよ」

ティータが悪乗りする。

……どうしたものか、そろそろ暗いし、運転疲れしているクルルにさらに無理をさせるのも忍びないしな。

「わかった。じゃあ、今日は俺のうちで泊まろう。空いてる部屋がいくつかあるし」

族長の家だけあって、来客が多く、客人用の部屋も多い。

問題なく全員で泊まれるだろう。

「楽しみです！」

「うん、わくわくするね」

そんな面白いものはないと思うのだが、見たいというのなら好きにすればいい。

そういえば、さきほどからマーレがおとなしい。

「マーレ、疲れたのか？」

「ううん、そんなことないの。マーレの体力は無限！」

周囲のマナを取り込むスライムの特性を持つマーレが疲れることは確かにありえない。

だけど、様子が変ではある。

「でも……ううん、なんでもないの！」

後ろから俺の体によじ登り、しがみついてくる。

相変わらず可愛《かわい》いやつだ。

さて、久しぶりの里帰り。久々の実家で今日はゆっくりするとしよう。

第十五話：彼女の父親に合うときより、親に彼女を紹介するほうが胃が痛い

懐《なつ》かしの我が家。

オークの村は田舎特有のおおらかさというか、無警戒さがあり鍵をかけるという文化がない。

……まあ、俺の実家に強盗やら、泥棒やら仕掛けるような命知らずはいないだろうが。

魔王と勇者両方を相手に喧嘩《けんか》を売る馬鹿はいない。

一歩、足を踏み入れた瞬間、自然と言葉が漏《も》れた。

「「懐かしい」」

俺の声にマーレの声が重なる。

「どうした？」

「なんだか、そう思ったの」

俺の体と魂を取り込んでいるからだろうか？

そんな思考もすぐに遮《さえぎ》られる。

人の気配がした。

その気配がどんどん近づいてくる。

「あらあら、お帰りなさい、オルクちゃん」

いないはずの人がいた。

ラブラブ旅行に出ているはずの母さんだ。

ふわっとした栗毛のおっとりとした美人。もう実年齢は三十を超えているはずなのに、ぎりぎり十代でも通ってしまいそう。

まるでエロゲーに出てくる母親キャラみたいな人だ。

そっちの属性がなくて良かった。近頃のエロゲときたらモラルをどこかに置き忘れて母親だろうと関係ないからな……。

「旅行にいったはずじゃ」

「あの人が大けがしちゃいまして。旅行を切り上げて帰ってきちゃいました」

「父さんが怪我《けが》、いやありえないだろ。第一、怪我したところで父さんの再生能力なら、すぐに治るはずだ」

エヴォル・オークは様々な種族の強みを取り込み進化してきた種族。

血の暴走を抑えるために、その特性を封印した俺と違い、父さんの場合は存分に取り込んだあらゆる種族の長所を使える。

再生なんてメジャーな能力、十や二十は所持し、重ね掛けで使える。なんなら、切り落とされた腕ですら再生してしまうだろう。

実際、封印解除状態の俺はそういう芸当をした。

「普通の怪我ならそうですね……私、昔、あの人の両腕切り落としましたが、秒で生えてきましたし」

それは夫婦喧嘩《げんか》ではなく、魔王と勇者として戦ったときの話だろう。

「……よく、ただの勇者でそこまでできるな」

強くなった今だからこそわかる。父さんは化物だ。

ただの勇者ごときがどうやって渡り合ったのかわからない。

「オルクちゃんは、勇者の力を舐《な》めすぎです。一度、どこかでちゃんと修行をしたいですね。なまじ双精霊紋やら、エヴォル・オークの力なんて反則が使えるから、勇者の力を蔑《ないがし》ろにしちゃってるんですよね」

「俺はちゃんと勇者の力を使っているさ」

「使っているだけでぜんぜん使いこなせていない。ふう、私のせいですね。私以外勇者の力の扱い方が教えられないのに、あの時間じゃ剣術を教えるので精いっぱいで……まあ、それは置いとくとして」

「そこまで言っておいとくのかよ!?」

ものすごく気になるんだけど。まさか、精霊紋は精霊たちの力を借りる以外にも使い道があるのか!?

それこそ、ただの精霊紋を持っているだけの人間の母さんが、父さんと渡り合えた秘密がそここにあるのであれば、俺の大幅なパワーアップに繋《つな》がる。

「まあ、それはおいおい。それよりも、後ろの可愛《かわい》い女の子たちは誰ですか？」

母さんの目がぎらりと光る。

昔、俺に無理やり女物の服を着せようとしたときと同じ目だ。

「あの、その、初めまして、オルクの妻のティータだよ」

「えっと私もオルクさんのお嫁さんになったクルルですっ！」

緊張のせいか二人とも声が震えている。

さっきのオーク三人組にも同じような挨拶《あいさつ》をしていたが、えらい違いだ。

「まあまあまあ、とっても素敵な子たち！　私のことはお義母《かあ》さんって呼んでね」

少女のように純粋無垢《むく》な笑顔（実年齢三十オーバー）が似合っているのが恐ろしい。

「もう一人の子は……オルクちゃん、まさか、そんな小さい子に。そんな、子供にだけは手を出しちゃだめだっていうのに、オルクちゃんがそんなクズになっていたなんて」

わざとらしく泣き崩れる。

「違うの、マーレはおとーさんの娘なの」

「こんな大きい子供がもう!?　どちらがお母さん？」

マーレは首をかしげ、それから指さしたのは……母さんだった。

ティータとクルルの顔が驚愕《きょうがく》に染まる。

「言われてみれば、ものすごくお義母さんに似てるね」

「おっ、オークさん、まさか、そんな、その、さすがにその、引きます」

「まさか、私、オルクちゃんに知らない間に……」

「ティータとクルルは大賢者の話を聞いてるだろうが！　それと母さん、さすがにそういう疑い方されると傷つくんだけど！」

脳みその代わりにち○こが詰まっているとでも思われているのか!?　さすがに母さんをそういう目で見られない。

「……だが、言われてみれば。俺より、むしろ母さんに似ている気はするな」

むしろ腑《ふ》に落ちた部分がある。

たとえばルリネとマーレの模擬戦《もぎせん》だ。

あのとき、マーレが振るった剣術は俺が母さんから学んだ剣術を、俺の体格、可動域、筋力量、魔力、気の性質に合わせて最適化したものではなく、母さんの剣技そのものだった。

俺のコピーというより、むしろ母さんのコピーと言ったほうがしっくりする。

そして、俺がマーレに興奮しないのは俺が実母と実妹はノーセンキューなオークさんだからというのもあるかもしれない。

俺はマーレのことを簡潔に説明する。

「そういうわけなんですね。うふふ、思ったより早くおばあちゃんになっちゃいましたね」

そう言ってマーレを撫《な》でようとするが、マーレは俺の後ろに隠れてしまう。

「なんか、やなの」

驚いた。マーレが人見知りをしたの初めて見た。

ティータにもクルルにもルリネにも懐《なつ》いていたのに。

母さんはむしろ人に好かれやすいほうだ。

マーレの反応を見る、それは感情的というより、本能的なもののように見えた。

その瞬間、今までの疑問がすべて繋《つな》がった気がした。

確証はないが、マーレの正体。なぜ、大賢者マリン・エンライトがそうしたかをおおよそ察する。

「まあ、そう言うな。悪い人じゃないから」

「ほら、美味《おい》しいお菓子がありますよ」

母さんのポケットから、包装された焼き菓子が顔を出す。甘いカボチャの匂《にお》いをしたクッキーのようだ。

「食べるの！」

秒で懐柔《かいじゅう》された娘を見て、不安になってしまう。

怪しい人にお菓子をもらってはいけないとあとで教えておこう。

◇

ティータとクルルは母さんの部屋に移動し、俺は地下室に移動する。

幼いころには気付かなかったが、俺の実家は龍脈《りゅうみゃく》が引き込まれ、そこから溢《あふ》れたマナを結界に転用するというある意味神殿、あるいは魔術士の工房というべきもの。

エヴォル・オークの父さんはあの見た目で魔術士でもある。こういう風に自宅を改造していてもおかしくない。

なにせ、魔王と勇者が住んでいるのだ。魔王と勇者というのは憧れると同時に恐れられている。それなりの守りは必要。

そして、神殿というのは様々な運用ができる。

たとえば、傷を癒《い》やすなど。

実際、彼は龍脈のマナを癒やしと浄化の力に変換する精緻《せいち》で美しい魔法陣の上で体を休めていた。

「珍しい、父さんがその姿とは」

五十代手前の鍛《きた》え抜かれ、引き締まった長身の男がそこにいた。

息子の俺ですら、この場で平伏してしまいそうな圧倒的な王気《オーラ》を纏《まと》っている。

そう、いつものオークスタイルではなく、人の姿をしていた。

「久しいなオルク。オーク寄りのほうがパワーと再生力はあるが……今は、魔術、呪術に対する耐性が欲しいのでな」

彼こそは俺の父であり、エヴォル・オークの村オークルシルの族長にして元魔王。

そして、この人型の姿こそが魔王時代の姿。

かといって、これが真の姿というわけではない、オークの姿も人の姿も等しく父の本質。ただ、使い分けているだけだ。

オークスタイルでは、身体能力と魔力が跳ね上がるが魔術の精度が著しく落ちるという欠点を持つ。

「ひどいやられかただ。父さんですら治せない傷、いったい、何と戦ったんだ」

父さんは右腕がなく、左膝《ひだりひざ》から先が消失していた。他にもいくつもの傷が深々と刻まれ、傷のすべてがどす黒い瘴気《しょうき》に侵されている。あれでは、どんな種族の再生能力も癒《い》やしの魔術も受け付けない。

生きているのが不思議なぐらいだ。

この場所、父さん自身が作り上げた神殿に戻ってきたのは、この瘴気を取り除くためだろう。

父さんの馬鹿げた力でも瘴気の侵食を抑えるのが精いっぱいで、除去をしようとしたら外部の力を頼るしかない。

「魔王とだ」

「……いったい、この世界何人魔王がいるんだ」

つい最近、恋人になったばかりの魔王のことを思い出す。

「違う、俺たちみたいな役職としての魔王じゃない、システムとしての魔王とだ」

「そんなもの実在したのか」

「勇者なんて抑止力があるのに、魔王がいないわけがないだろうが」

父さんやリリスは役職としての魔王。いわゆる人間の王様と変わらない。

魔物たちを率いる存在として、君臨して祭り上げられるもの。

そして、システム的な魔王というのは、精霊紋という特別な力を与えられた勇者のように、なにかしらの高位存在に力を与えられた者のことだと推測される。

「勇者と同じように高位存在に力を与えられたとするなら、いったい誰が、どんな目的で力を与えるんだか」

「それはわからん。だが、いるとしか言えない。……強かった。とてつもなく。無理もない、俺たち、エヴォル・オークも、ナイトメアも、エヴォル・スライムも、ハイ・エルフも、金炎狐を含むありとあらゆる特別な種族、そして勇者システム、それらすべてが対する抑止力として作られた。このすべてとつり合う相手なのだから、その強さも当然と言えるが」

世界を守る抑止力。

精霊王たちによって、意図的に配置された力たち。世界が滅びるのを食い止めるために。

逆に言えば、世界に安定を求める精霊王が火種となるとわかっていて、規格外の力をばらまかねばならないほどの存在ということ。

「その魔王は倒せたのか？」

「いや、倒せはしないが、腹を下させた」

「はあ？」

「ちぎり飛ばされた腕やらなんやら、まとめて、特級の呪術と毒にして放り込んでやったら、もがき苦しんで撤退した。我ながら、よく思いついたものだ」

ハハハと父さんは笑う。たしかに毒と呪いは魔物の得意分野。エヴォル・オークの血に宿った全種族の重ね掛けは魔王ですら腹を下すには十分だろう。

「なんのために戦ったんだ、そんなものと」

父さんは笑う。

温かく力強い、それは俺に向けた笑みだった。

「……お前のためだ。たまにだが、俺は未来が見える。オルクが殺される夢を見た。だから、俺とミレーユは未来を変えるためにあがいた。勝てれば良かったんだがな。さすがは世界を滅ぼす災厄。大賢者の力を借りてなお、勝てなかった。悪かったな」

……大賢者マリン・エンライトが忙しいと言っていたのは、彼も父さんたちに同行していたからか。

先生もそれなら、そう言ってくれればよかったのに。

「ありがとう」

「礼を言われることはない」

「いや、父さんが戦ってくれたおかげで、運命は変わった。魔王は弱り、俺の身体を癒《い》やすための時間ができた」

あの妖精は言っていた「完全に詰み、万が一の奇跡すら起こらない」。その未来を父さんも見たのかもしれない。

その万が一を起こすための力を妖精から授かってはいる。だが、それだけでは足りないとも考えていた。

「……俺が力になってやれるのはここまでだ。あとは自分でなんとかしなさい」

「もちろんだ。というわけで、知っている限りの魔王の情報を教えてくれ」

「怪我人《けがにん》どころか、死にかけの父親に遠慮がないな」

「遠慮したら、ぜったいに文句言ったくせに」

「その通りだ。オルクを彼らに任せたのは正解だったようだ」

父さんはそう言って、俺の頭をがしがしと乱暴に撫《な》ぜて、それから父さんが戦ったというシステム的な魔王について語ってくれた。

情報は力だ。

そして、地上最強の生物の父さんが死力を尽くして戦った以上、相手は力の温存などできなかっただろう。

ならばこそ、ほぼすべての手の内を知れる。

(なるほど、俺じゃ勝てないわけだ)

もし、父さんが戦う前に、俺が出会っていたらそれこそ何もできなかっただろう。

ありとあらゆる手札。禁じ手中の禁じ手、【第三段階解放《ラストリミテッド・リリース》】を使ってなお、勝機がない。それで勝てるのなら、父さんが負けるわけがない。

だが、妖精から渡された反則、そして父さんからの情報があれば、億に一つの勝機がある。

であるなら……。

「億に一つの勝算をどれだけ増やせるか」

俺は分の悪い賭《か》けは嫌いだ。

今の手札で勝てないなら、勝てるまで手札を増やす。

それだけだ。

第十六話：行列のできるお菓子屋さん

懐《なつ》かしの故郷で、いろいろあった後に商業都市に戻ってから数日が経《た》ち、ようやく祭りの当日になっていた。

……正直、実家であったもろもろは忘れたい。嫁と姑《しゅうとめ》というのはもっと仲が悪いものだと思っていたのだが、意気投合してあげくに母さんはにこにこと俺の黒歴史を面白おかしくティータとクルルに吹き込んだ。

（まあ、父さんにいろいろと聞けたのは収穫だが）

そして今はザナリック商会と合同で行う屋台に来ている。

屋台といっても、街一番の大通り、なおかつ最大規模の敷地があり、広々とした喫茶店という趣《おもむき》だ。

手伝いのために、ティータ、クルル、マーレもいて早朝から作業をしていた。

「立派なお店だね。これ、屋台とかそんなレベルじゃないよね。持て余さないかな」

「その心配はない。外を見てみろ」

みんなで外に出ると、三人とも目を丸くした。

「うわぁ、すっごい行列だね」

「祭りが始まる二時間前ですよね!?」

「こんなにたくさん人がいるの」

祭りは混乱が起きないよう、一律で開店時間が決められている。

にもかかわらず、すでに客が押し寄せていた。

「ルリネの影響力はすごいな」

「フォーランド王国の至宝は伊達《だて》じゃないですね……」

もともと宣伝効果を期待して、ルリネに今回の目玉商品であるティラミスの噂を広めてもらったが、ここまでになるとは思っていなかった。

「ちなみに、どこまで行列が続いているのかマーレに見に行ってもらったんだがな。街の入り口まで行って、そこから折れて防壁越しにぐるっと……」

ここまですごい行列を見たのは前世で一度だけ。

ディ〇ニーシーの超人気新アトラクション、ソ〇リンの八時間行列。

あれはやばかったが、それに負けないレベルだ。

「うわぁ、そんなに居たんじゃティラミスの在庫足りないんじゃない?」

「人数分と土産《みやげ》用の大きいのワンセットに購入制限かければぎりぎりってところだな」

「にしても、すごい執念ですね。こんな行列に並んでたらティラミス買うだけで祭りが終わっちゃうじゃないですか。せっかくのお祭りなのに、お菓子一つ食べて終わりなんてもったいないです！」

「ソ〇リンの行列並んだときも、開園と同時にダッシュして、乗れたの閉園時間だったな」

「たまにオルクさんってわけわからないことを言いますね」

「ああ、すまん。でも、気持ちもわかるんだ。なにせ、ティラミスに使われている材料は、白い砂糖にコーヒー、なおかつレシピを知るものが他の街にいない。この街でしか食べられない菓子。それも、フォーランド王国の美姫が絶賛したものだぞ？　一日を潰《つぶ》す価値は十分にある」

魔物が溢《あふ》れるこの世界では街と街の間の移動は極めてハードルが高い。

護衛を雇うなどして、大金を払う。あるいは、命がけで魔物に怯《おび》えながら旅をするか。

どっちにしろリスクが高い。

祭りの間は例外的に、人を運ぶためだけのキャラバンが形成されるし、補助金が出て割安なので、人の流れが活発になるが、こんなこと滅多にあるものじゃない。

多くのものにとって、この街に来るのは最初で最後になる。

ならば、そこで他では絶対できない体験をするというのは理にかなっている。

「たしかにそうですね。私はオルクさんが作ってくれるから、ありがたみがわかりませんでした」

「でも、これ並んでも食べられないかもね。ずっと待ち続けて、それでも食べられないなんてかわいそうだよ」

ティータの言う事はもっともだ。　まる一日行列に並んで、買えなかったらやるせないだろう。

俺も三時間以上人気ラーメン店に並んでスープ切れですと店員が言ったとき、軽く殺意を覚えたものだ。

「そうならないように手配はしてる。そのあたりはしっかりしておかないとな」

人を雇って行列に並んでいる人数を数えさせている。

そして、ティラミスの個数は決まっているので、どこかで行列止めのアナウンスをする予定だ。

「さすがはオルク、ぬかりはないね」

「まあな。なんとか今並んでいるお客様はさばき切れそうだ」

「いつの間にそんなに作ったんですか!?」

「かなり作り置きしたからな」

少し味は落ちるが、昨日、幼馴染《おさななじみ》にありったけの牛乳を冷凍した状態で運びこんでもらった。

それを解凍し、ティラミスにして冷凍保存することで作り置きをしている。

それらを三日にわけて売り出す。

祭りは三日にわたって行われる。一日目ですべて出し尽くすなんてことはできない。

「いつものオルクさんらしくないですね。味が落ちるからそういうのはしないと思ってました」

「たしかに少し味は落ちるが、これだけのお客様が来ることは予測がついていたからな。そのせいで地獄を見た」

今日の凄《すさ》まじい行列。その兆候はだいぶ前から見えていた。

街から街へ人を運ぶキャラバンの予約人数、街への入場者数、宿の予約。

それらがすべて例年の三倍近い。

一見、素晴らしいことに思えるが、人が多すぎるというのは多くの問題を引き起こす。

この街は、商業都市という特色、毎年大規模な祭りを行うことから、宿泊施設が充実し、インフラも街の住人以上の数を受け入れるように設計されている。

とはいえ、年にもっとも来客が多い祝祭の日、その三倍なんて人数に耐えられる設計ではない。

宿は足りない、インフラも追いつかず、食料や水まで不足してしまう。自警団もキャパオーバー。

急遽《きゅうきょ》、その対応が必要になった。

禁止されている民宿を許可したり、大量の水を買い入れたり、特設トイレを作ったり、街の外に簡易的な防御柵《さく》を作り、さらには護衛兵を派遣してキャンプ場を作ったり、比較的近い村や町の協力を仰いだりと。

祭りの出店数も可能な限り増やした。従来の店数だとどこの店も行列や売り切れで、まともに祭りを楽しませることができない。

そうなれば押し寄せたお客様すべてに悪印象を与えてしまう。来年以降の祭りに悪影響を与えてしまうだろう。

お客様が多いというのはありがたいが、度をすぎればマイナスになる。

「最近、オルクが死にそうな顔をしてたのそのせいだよね」

「まあ、俺が蒔《ま》いた種だからな、じゃなきゃあそこまでやらなかった……ルリネの影響力を舐《な》めてたとつくづく思い知らされた」

「でも、ひどかったよね。あの人たち、こんなときにまで足を引っ張るなんて」

「ああ、さすがに老害どもを殺したくなったな。祭りが開催できるかどうかの瀬戸際《せとぎわ》で、感情を優先するとは。あいつらは商人じゃない。ザナリックさんがいなければ、実力行使していたかもしれない」

「オルクの場合、それが冗談じゃないのが怖いよ」

商業組合の嫌がらせは、この緊急事態にも行われた。

ザナリックさんが妨害を防ぎ、サポートしてくれたおかげでなんとか対策できたが、本当にこの祭りが台無しになるところだった。

「でも、いらいらしますよね。あれだけ好き勝手やられたら」

クルルまで同意してくる。

商人としての仕事に普段は関わらないが、今回はいろいろと活躍してもらった。

「そこはまあ、ちゃんと報《むく》いは受けさせるさ」

そのための準備はしている。

むろん、奴らとは違い、きっちりと正々堂々と商売でだ。

「さてと、雑談はここまでだ。開店まで時間がない」

「そうだね」

「うん、がんばりますよ」

この店には俺たち以外に、ザナリック商会が手配した超一流のスタッフがいる。

俺がいるのは、実作業というより、監督をするという意味合いが強い。

さきほどから、店の清掃、コーヒーの仕込み、ティラミスの解凍、カッティング。すべてがつつがなく行われている。

これからここは戦場になる。超一流たちのドリームチームじゃないとどうにもならないだろう。

俺はその優秀な手足たちに指示を出す。

そんな超一流のスタッフの中で、さらにひと際輝いた存在がいた。

「マーレはすごいな」

「やー、おとーさんの役に立ちたいの！」

ウエイトレス服を身に纏《まと》った青い髪の美少女が、縦横無尽の大活躍をしていた。

超一流スタッフ、そのさらに三倍速。まさにその姿は蒼《あお》い彗星《すいせい》。なのに動きは極めて正確。

「マーレちゃんは天才だよね」

「ですよね、何を教えても一回で覚えちゃうし」

そう、マーレの適応力は異常だった。

瞬間記憶能力に加え、完全な動作のトレース。

何をやらせても、すぐに身につけてしまう。

おそらくは、【無限に進化するスライム】の能力だろう。

人と違い、癖や思い込みなんてものが存在しない上に、特上の基礎スペック。嫉妬《しっと》してしまう。

「マーレはすごいの。もっと褒《ほ》めていいの！」

「ああ、最高だ。マーレには本当に助けられた」

その能力に甘えて、いろんなことを覚えて、助けてもらった。

彼女は自慢の娘だ。

……それだけに迷いが出る。

もともと彼女は、俺の魔力回路を治すためのパーツとして作られた。

今は、俺の隣にいて、俺の魔力と感情を喰らい、より俺に適応するように学習をしている最中。

そして、時期がくれば、俺は彼女を使ってしまい、彼女は消滅する。

「おとーさん、どうしたの？　お悩み？」

気が付けば、マーレが俺の目の前に来て、俺の顔を下から覗《のぞ》き込んでいた。

心配そうに、青い瞳が揺れる。

「なんでも、なんでもないんだ」

「心配しないでいいの。マーレがなんとかしてあげるの」

マーレが頭を撫《な》でてくる。

必死に爪先《つまさき》立《だ》ちで手を伸ばして、いい子いい子と。

子供らしい微笑《ほほえ》ましい姿。

なのに、なぜか安心する。彼女に母性を感じた。

「ありがとう。マーレ」

「んっ、いいの！」

俺は自分の両頬《りょうほお》を、パンッと叩《たた》く。

「よし、開店準備は順調。もうすぐ開店時間だ。覚悟しろよっ、今日、この店は戦場になる！」

元気よくみんなが返事をしてくれる。

この店の目的は、ただ売り上げを出すだけじゃない。

オルク商会とザナリック商会のメイン商品であるコーヒーと砂糖を広めること。

だから、次に繋《つな》がるようにすべてのお客様を満足させねばならない。売って終わりではない。

この店の目的は、コーヒーと砂糖の新規顧客層開拓なのだから。

殺人的な来客数、しかも長時間待たされて気が立っているお客様ばかり。

凄《すさ》まじく難易度が高いミッション。

だけど、それが可能だと思える。

ここにいるメンバーなら。

からくり時計の下部にある扉が開き、鳥の人形が出てきて、ポッポーと泣いた。

俺が趣味で作りザナリックに送った鳩時計。

「店を開く！」

さあ、戦争の始まりだ！

第十七話：お客様は神様だけど、神様だっていろいろいるよね

予想通り、店内は戦場になった。

しかし、スタッフたちはあのザナリックが超一流と言うだけはあり、てきぱきと客を捌《さば》く。

ひたすら機転が利く。

たとえば、店内のスタッフが十分にいるとみるや、ティラミスをカットして包装したものを持ち、外で売り始める。

すると、とりあえずティラミスが食べられればいいという客は、土産《みやげ》だけ買って帰っていく。

行列の整理も、自警団たちがやってくれる。これもザナリックが手をまわしたおかげだ。

様々な指示やサポートが必要だと考えていたが、彼らになら任せられると判断し、予定より早く切り上げて来た。

「というわけで、俺は俺の仕事に専念できるわけだ」

「いいんですか？　屋敷に戻ってきて」

そう、ティータが言う通り、俺は屋敷に戻ってきている。

「もともと、そういう約束だったからな。一般客相手に数を売るのも大事だが、ＶＩＰの相手も重要だ」

ティラミスの噂は凄《すさ》まじい勢いで国の内外を駆け回った。

となると、一般客が殺到する以外にも面倒な連中がやってくる。

それは大商人やら、貴族やら王族だ。

それもザナリック商会あてに直接。

そんな相手に、普通の客に交じって行列に並べとは言えない。

個別にティラミスを肴《さかな》に商談する。さらに言えば、店頭に並んでいる作り置きとは違い、今朝仕込んだ、作り立ての分を提供する。材料も冷凍して運んできた牛乳ではなく、俺の牧場の搾りたてを使った。

「なんか、すっきりしないですよね。特別扱いしろって言ってくるのは好きじゃないです」

「その気持ちはわかるが、ザナリック商会にとっても、俺のオルク商会にとっても悪い話じゃない。……言い方は悪いが、普通の客の何千倍も利益になる」

他の街や国の大商人というのは、もちろん巨大な流通網を持っている。コーヒーと砂糖を気に入れれば、莫大《ばくだい》な量の商品を注文してもらえる。

貴族や王族とはコネを作っておくべきだ。例えばコーヒー豆など、まだ関税が決まっていない。そこで口を利いてもらえるかどうかで普及の仕方はまったく変わってしまう。

どれだけ良いものでも高価な関税をかけられてしまえば一般人には手が出ない高嶺《たかね》の花となる。

「すっきりしません」

「私は平等だと思うけど。だって、オルクに与える利益の大きさが違うんだから、逆に同じ扱いをするほうが平等じゃないんじゃない？」

「そうかもしれませんけど」

「平等っていうのは二つあって、報酬の平等。成果に対する平等。商売の上では後者を重視にするのが普通だ」

　商人としての勉強をしているティータは視点が違う。

　平等というのは難しい。

　たとえば優秀な社員と無能な社員がいて、同じ給料を払うことを平等と呼ぶかどうか？　たしかに待遇の上では平等と言えるが、行った仕事量に対して支払う報酬としては不平等になるだろう。

　商人としては、お客様を全員等しく扱うより、利益の大きいほうを優先したい。

「わかりました！　お仕事ですからね」

「ああ、それに、こういう仕事があるから大賢者をもてなせる」

「そっちも頑張らないとね。気に入ってもらえないとオルクの治療をしてもらえないし」

「そうだな」

　それだけじゃなく、俺はティラミスを振る舞ったあとに頼むことがある。

それはマーレを使わずに俺の魔力回路を治療する方法がないかの相談だ。

「先生に会うの久しぶりなの！」

可愛《かわい》い、俺の分身の頭を撫《な》でる。

やっぱり、マーレを犠牲にして治療するというのは嫌だ。

「それはそうと、最近はいつもそれやってますよね」

「うわぁ、また作ったんだ」

二人の視線はマーレの頭を撫でている右手ではなく、左手に集まっている。

「癖になってるんだ、魔術で人形を作るの」

おっ、また一つできた。

うむ、可愛い。

できたばかりの人形を二人に見せつける。

「あっ、今度の人形はティータさんですか。可愛いですね」

「めちゃくちゃ器用だよね」

壊れた魔力回路のリハビリは続けていた。

仕事をしながら、ご飯を食べながら、ずっと何かを作っている。

その成果があり、ようやく満足のいく精度で人形が作れた。

今では、もうむしろ魔力回路損傷前よりも制御がうまくなったかもしれない。

「可愛《かわい》いの！　これほしい」

「ああ、あげるよ。大事にしてくれ」

「やったの！」

マーレは人形を飲み込む。

エヴォル・スライムの能力か彼女には飲み込んだものを時空の彼方《かなた》に保存する力がある。

とてつもなく便利だ。

食材の輸送を行った際、馬車十台分の荷物を彼女に収納してもらっている。

「あっ、いいことを思いつきました。もう、人形が部屋に溢《あふ》れているじゃないですか。あれ、お祭りで売っちゃえばいいんじゃないですか？」

「いいかもね。出来がすごいいいし。お土産《みやげ》に買っていく人多いんじゃないかな？」

「駄目だ！」

盛り上がっている二人を頭ごなしに否定する。

「びっくりした。急に怒鳴るんだもん」

「珍しいですね、オルクさんがそういう反応するの。悪くないと思いますけど」

「人形はおまえたちがモデルなんだぞ⁉」

そう、ティータ、クルル、ルリネ、リリス、マーレ。

とても愛《いと》しい彼女たちだからこそ、愛があるからこそ、制御技術が磨かれた。

「それの何が問題なのかな？」

「男が、こんな可愛い人形を手に入れたら、擦《こす》り付けたり、ぶっかけたりするだろう！　俺は、おまえたちが汚されるのが耐えられない！」

ティータとクルルが目を丸くし、マーレが首をかしげる。

しばらくして、ティータとクルルは言っていることに気付いて顔を赤くし、マーレはさらに首をかしげる角度が大きくなった。

「そんな人いるわけないよ！」

「そうですよ、変態じゃないですか！」

「二人は知らないだろうが、男はそういう生き物なんだ。成人男性のほとんどは人形にぶっかけている」

「嘘だよね？」

「残念ながら本当だ」

なにせ、俺も転生前にそうしたし、きっとみんなそうだ。そうに決まってる。

「嘘っぽいですけど、男の人のことなんてわかりません……たしかにそれだと、嫌ですね」

「だろう、だから、大事に保管しておくんだ！」

納得してもらってなによりだ。

そうか、女性はフィギュアはぶっかけるものだとは知らないのか。

こういう情報はちゃんと広めないと。

「ねえ、一つ聞きたいんだけど。……オルクもそういうことするの？」

俺は顔を逸《そ》らし、口笛を吹く。

二人の視線が突き刺さる。

「ごほんっ、遊んでる場合じゃない。ＶＩＰが来るんだ。準備は入念にしないとな！」

「ごまかしたね」

「オルクさんって、変態だったんですね。知ってましたけど」

ひどい言いようだ。

だけど、俺は嘘はつかないオークさんだ。やってることをやってないとは言えない。

だから、ごまかし続ける。

しょうがないじゃないか、本物のほうがいいけど、そっちはそっちで興奮する。

たまに駄菓子が食べたくなる。そういう感じなんだよ！

◇

それからザナリックも屋敷に来て、何組かの商人と貴族たちをもてなしているうちに日が暮れ始めた。

もうすぐ祭りの初日が終わる。

ティラミスとコーヒーは好評で、その場でいくつか大きな商談も決まって好調だ。

ザナリック商会の支店がなく、今まで手付かずだった大きな街にコーヒーが出荷できるのは大きな意味を持つ。

一般客に対する普及は祭りの店で行い、大きな商談の成立は個別の接待で行うという当初の目的を果たした。

さすがのザナリックも次々とＶＩＰとの交渉をしたことで疲れ、大きく息を吐いた。

「これで来客はすべてです。まったくオルク殿がすべての来客を初日にまとめろというから、絞り込みと調整に苦労しましたよ」

帰り支度《じたく》を整えながら、ザナリックがにこやかに微笑《ほほえ》みかけてくる。

大きな商談がまとまり機嫌が良さそうだ。

「すみません、どうしても大事な用事がありますから」

俺の戦いはこれからが本番だ。

なにせ、祭りの終了と同時に、真のＶＩＰがやってくるのだから。

「では、私はこれで」

ザナリックの後ろ姿が見えなくなる。

その入れ替わりに、壮年の整った顔つきの男性が現れる。

美少女という言葉ですら表現しきれない魅力的で多種多様なタイプ・種族の少女たち五人を

引き連れて。

大賢者マリン・エンライトと、そして大賢者から英知を授かった娘たち。

祭りの客に溶け込むように町人用だが仕立てがいい服装で、手には屋台で買ったと思われる食べ物の箱やらを持ち、謎の仮面を身に着けたりして、威厳もなにもない……はずなのに賢者としての隔絶した知識と力を感じさせる。

そう、彼に認めてもらい、魔力回路の治療を行ってもらわないとならない。

「来たぞ、馬鹿弟子。約束通り、世界でここでしか食べられないという菓子を食べさせてもらおう」

「ええ、自慢の逸品《いっぴん》を用意させていただきました」

世界のすべてを知り尽くした大賢者。

その大賢者すら食べたことがない未知の菓子を出す。

自分で言いだしたことだが、とてつもなく高いハードル。

そんな真似《まね》ができるのは、おそらく……いや、間違いなく俺だけだろう。

第十八話：大賢者の神判

応接間に彼と娘たちを案内し、ティータたちも席についていた。

彼の娘たちが、ぜひ話をしたいと言ったからだ。

俺は一人でキッチンへ向かい、ティラミスと特別なコーヒーを用意してリビングに戻る。

俺が菓子を用意している間に、ティータとクルルは大賢者の娘たちと意気投合し、すっかり盛り上がっている。

ティータは三女のエルフの少女と、クルルは四女のドワーフの少女と特に相性がいいようだ。

マーレは、天使のような白い翼をもった長女の子にべったり甘えている。どうやら、俺のところに来る前からの知り合いのようだ。

俺がリビングに足を踏み入れると視線が集まってくる。

「これが、ここでしか食べられない菓子、ティラミス。それにもっとも会う飲み物、コーヒーです」

彼の娘たちが黄色い声をあげる。

その娘たちを見る大賢者マリン・エンライトの目は優しく、そこだけ切り取ってみると普通の父親のようだ。

いや、普通の父親のようだではなく、彼にもそういう一面があるということだろう。

彼もティラミスに手をつけ、コーヒーを嗜《たしな》む。

さあ、どうだ。

冷や汗を流しながら、大賢者一行の様子を窺《うかが》う。

娘たちは本当に美味《おい》しそうに食べてくれている。

だが、大賢者は表情が変わらない。

……まさか、だめだったか。

俺の前世の知識を利用して、この世界では作られていなかったうまい乳を搾るためだけに品種改良をした牛の牛乳なんて反則技を使ってなお、届かなかったか。

「素晴らしく美味。娘たちも気に入っている……だが、俺はこのコーヒーという飲み物を知っている。そして、そのコーヒーを飲んだとき、乳と砂糖を組み合わせて菓子を作る発想をし、味も想像できた。美味《うま》い菓子ではあるが、未知ではなく、作ろうと思えば作れた菓子だ」

「ですが、この味は、これだけの味を出すのは」

「乳が違うのだろう。たしかに、これだけの牛乳を手に入れることは難しい。だが、難しいだけだ……忘れたのか。俺は君の母の飲み友達だ。頻繁《ひんぱん》に君の故郷に通っているのだよ」

言われてみれば、当たり前のことだ。

祭りでの需要に耐えられるだけの牛乳を用意できたのは、すでに俺の故郷で牛の品種改良と、品種改良した種の繁殖ができていたからだ。

たしかに、品種改良した牛は俺の故郷か、俺の牧場でないと手に入らない。だが、人でありながら、オークの村に通うこの男だけはそれを知っている。

「しかしだ。一つだけ、わからないことがある。どうして、ここまで薫《かお》り高いコーヒーを淹《い》れられたのか……そして、その特別な方法で淹れたコーヒーを菓子にも使っていた。だからこそ、俺の想像をぎりぎり超えた。合格だよ、オルク」

大賢者マリン・エンライトが破顔する。

「心臓に悪いですよ。先生」

「ふんっ、娘を出汁《だし》にして俺を呼び出したのだ。多少、いじわるをしてもいいだろう。それで、この薫り高いコーヒーの秘密を教えてくれるかね」

「祭りで出しているのと、俺の屋敷で出しているコーヒーは別の淹れ方をしております。もっとも、その違いに気づいたのは先生が初めてですが」

今飲んでいるコーヒーはもちろん、ティラミスの生地に染みこませているものも特別な淹れ方をした。

「焦《じ》らさずに、その特別なコーヒーの淹れ方を答えたまえ」

「コーヒーをご存じらしいですね。普通、コーヒーは湯を使います」

「ふむ、そうだな」

「ですが、先生に出したものは水でコーヒーを淹《い》れているんです」

「……可能なのか？　水では抽出力が足りないだろう」

「ええ、水ではコーヒーの成分を少ししか抽出できません。だから、時間をかけます。湯を使えば数分で済むものを十二時間かけて抽出する。それも、専用の装置と相応の手間暇かけて。そうすることでわずかに香りが良くなり、雑味とえぐみがなくなる」

水だしコーヒーといわれる手法。

本当にうまいコーヒーを作るならベストの方法だ。

しかし、それだけ頑張っていて誤差はわずか。よほどのコーヒー好きでない限り気付かない。百人にアンケートを取ったところで、違いがわかるのは十人にも満たない。

「ふむ、わずかな差のためにそれだけの労力をかけたのか」

「ええ、わかる人にしかわからない。ですが、最良のものを出すと約束した以上、一切の妥協はしません。そして、それが先生を満足させるための決め手になった」

「満点をあげよう。それがもてなしというものだ。次は俺が約束を守る番だ。君の治療をやり遂げよう」

彼がそう言った瞬間、少女たちの歓声があがり、ティータたちと彼の娘たちがハイタッチ。

……いや、仲良くなるのが早すぎだろう。

にしても、彼の娘たちは本当に美人だな。こう、オーク心にぐっとくる。

しかし、その感情を完璧に隠しきった。

俺は空気を読めるオーク。大賢者の前で、彼の娘に下心を出したら殺されることぐらいわかっているのだ。

まあ、それでも本気で惚《ほ》れたときは、大賢者という障害を乗り越えるために命を懸けるのだが。

残念というか、幸いというか、惚れてはいない。

「よろしくお願いします」

「うむ、治療に必要な道具も十分に育ったようだ」

大賢者の視線の先にいるのはマーレ。

マーレは大賢者がエヴォル・スライム細胞に俺の魂の欠片《かけら》と肉体を吸収させて作り上げた、治療のための道具。

使い潰《つぶ》すことが前提のだ。

「それですが、俺はマーレを犠牲にできません」

「それは、君を治すために作った道具だ」

「それでも、マーレには感情があって……そして、俺は、いや俺たちはそんなマーレを気に入ってしまった」

「ほう、他の方法がないと言ったらどうする。俺がそんなものを作ったのは、そんなものを作らなければ治せないからだとは考えなかったのか？」

　大賢者の声は冷たい。

　彼の言う事は正論だ。

　いかに彼が大賢者とはいえ、マーレほどの存在を生み出すのは容易ではなかったはずだ。それだけの手間暇をかけたのは、それしか方法がないからだと考えるのが自然。

「その可能性は考えました」

「ほう、それがわかっていて、そんなことを言ったのかね」

「ええ……もし、本当に他の方法がないのであれば、そのときは、今の壊れた魔力回路での戦い方を指導いただきたい。俺もいろいろと試行錯誤してきましたが、あなたに修行をつけなおしていただくのが一番いい」

　大賢者は大きくため息を吐《っ》いた。

「そういう甘く、頑固なところはミレーユに似たのか。ふう、いいだろう。君が落第生なら、いちいち君を取り巻く状況を指摘し、説教をするのだが……君の場合、すべてわかっていて覚悟を決めている。ならば、俺がするのは、見捨てるか応援するかしかなく……これだけ娘を喜ばすもてなしをした君を見捨てるわけにはいかない」

「いいのですか!?」

「いいも悪いもないだろう……治療を頼まれた身としては、確実性のない方法を選びたくはないが、患者がそれを選ぶのであれば仕方があるまい。別の方法で治療をしよう」

大賢者がそう言うのであれば、本当にギャンブルになってしまうのだろう。

「どんな方法ですか？」

「今から、マーレと二人で【刻《とき》の狭間《はざま》の部屋】に潜ってもらう」

「どういうことですか？」

「本来なら、マーレの人格を消去し、形成した魔力回路を移植するはずだった。だが、マーレを生かすなら、マーレを生かしたまま、二人で魔術を使う特殊な訓練をしてもらう」

二人で魔術を使う。

その言葉を聞いて、ようやく想像ができた。

これは治療ではなく、どちらかというと壊れたまま魔力を使う方法寄りだ。

「よろしくお願いします！」

だが、これならマーレを殺さずに済む。

それに、これは俺の推測だが……もし、本当に俺の想像した通りであり、そして完璧にそれを為《な》せたのなら。以前以上に強力な魔術を使えるようになるはずだ。

なにせ、この方法のデメリットは二人で一つの魔術を使うが故《ゆえ》の制御の難しさ。

それを裏返せば、二人で一つの魔術を使うが故に処理の分散やより強力な術式を使えるかもしれない。

「では、荷造りをしたまえ。術式の準備に一時間ほどかかる。一か月分籠《こも》ることになるのだから、それ相応の準備をそれまでに済ませなさい」

こくりと頷《うなず》く。

……さてと、久しぶりにあの部屋だ。一日で一か月分の訓練ができる。

そこで俺は新たな力を身に付けるのだ。

第十九話：久しぶりの修行パート

【刻《とき》の狭間《はざま》の部屋】それは、大賢者の魔術の中でも奥義《おうぎ》と呼ばれるもの。

そもそも魔術というのは、他に代替手段がないものほど評価が高い。

たとえば、火を熾《おこ》す、ものを壊すなどというものはいくらでも代替手段があり、極論を言えばそんなものは魔術を使わなくてもいい。

では、代替のない手段とは何か？

代表的なのはいくつかある。

まずは治療系の一部。部位欠損、失った片腕や眼の復元などが該当する。それらは現状の医術では治療ができず、奇跡の領分だ。

次に空間干渉系。瞬間移動やら異空間へのアクセス、さらには別世界への移動など。

そして、時間系。時の流れに干渉することなど魔術以外ではどうもならない。ならばこそ、多くの魔術士たちが挑んだ。そして大賢者マリン・エンライトのみがそれを実現した。

（あの、魔王軍四天王の天才ですら時間干渉はできなかったしな）

俺は大賢者マリン・エンライトの術式、その実物を見て、それに至る基礎理論を教わってなお彼の真似事《まねごと》程度しかできない。

それは自分の時間だけを加速する術式。

もっとも、まるで実用性がない。

燃費は極悪《ごくあく》、最高記録で二十三秒間、自身の時間を三倍加速させることが限界で、そんな真似《まね》をしたあとは魔力を使い果たし、処理の負荷で頭は熱暴走する。

三倍の速度で動くだけなら、強力な身体能力強化を行うほうがよほど効率がいい。

（いくら龍脈《りゅうみゃく》の力を借りる儀式魔術とはいえ、一日を三十倍の一か月に引き伸ばすなど……さすがはこの世界における魔術士の頂点。俺が目指すべき男）

そんな彼が描く、芸術的な術式の構築を見て学ばせてもらっていた。

荷造りはティータに任せた。ああ見えて、あの子は旅支度（たびじたく）に慣れている。

「できたぞ。馬鹿弟子よ。いつでも、潜れる。そして、これを」

「これは？」

「マーレと共に魔術を使うために必要な修練を記したものだ」

渡された分厚い冊子をめくる。

「これだけの質と量。この場で作ったものじゃないですよね……わかっていたんですか？」

「これでも師匠だ。オルクの甘さぐらい心得ている。一か月で必ず身につけてでてこい」

今までにないほど、真剣な顔だ。

「必ずとあなたが言うなら、相応の理由があるんでしょう」

「うむ、半日後には君の父親を追い込んだ本物の魔王が、この街にやってくる。放っておけば、街の一つや二つは食い尽くされる」

本物の魔王。それは父やリリスのような役職としての魔王ではなく、この世界の神と呼ばれるような存在から力を与えられた規格外。

「本来なら、魔王はもっと早く来るはずだったのだが、君の父上と母上が足止めし力を削った」

「それがわかっているなら、もっと早く治療してくれても良かったのでは？　あるいは魔王の存在と襲撃を教えてくれていれば、もっと前からマーレと……」

「そういうわけにはいかない。マーレを作るにも君のもとで育つにも相応の時間が必要だった。そして、魔王の襲撃を教えなかったのにも理由がある。マーレは魔力を与えれば育つというものではない。魂の成長こそが肝要。魔王の襲撃を君に伝えていれば、マーレに早く成長しろと、早く感情を学べと君は焦る……そんなふうに押し付けられた感情で魂は育たんよ」

そこまで読んで大賢者は俺にマーレを預けた。

そして、彼を満足させる菓子を作るという目標に目が向けられたからこそ、マーレに邪気を向けずに、真っすぐな気持ちで接することができた。

何から、何まで彼の手の平の上だったということだ。

「理解しました。……いや、襲撃が半日後なら、一日も向こうにいたら間に合わないのでは」

「足りない半日は俺と娘たちが稼ごう……幸いなことに楽しい祭りで気力は十分だ。だが、半日が限界だろう。我々が時間を稼ごう、力を削ろう、傷を与えよう。だが、そこまでなのだ。それは力の総量の問題ではない、あれに対抗できるのは、同じく規格外の存在。そうでなければ同じ土俵に上げられない。ミレーユが傷つき、戦えない今、残りは君だけだ」

満身創痍《まんしんそうい》の父さんの姿を思い出す。

父さんがあそこまで傷つき、それで母さんが無事なはずがなかったのだ。

気付いていた。母さんは何かしらの手段で、見た目だけを繕ってはいたが、父さんに負けず劣《おと》らず傷ついていた。

「楽しく、菓子作りしている裏で、そんなことが起こっていたとはな」

それが必要だったとはいえ、応えるものがある。

「一つ忠告しておこう。俺は、俺の娘を何より愛している。弟子の君よりもだ。だから……必要があれば、君の想いを踏みにじるだろう」

「それは【刻《とき》の狭間《はざま》の部屋】でマーレと二人で魔術を使う術を身に付けられなかったときのことを言っているのですか?」

「ああ、君がどれだけ拒否しようとマーレの感情を消し、ただの部品として君に埋め込もう。それで君の傷は癒《い》える。君は戦えるようになる。俺のことを冷酷だと思うかね」

冷酷か……いや、違う。そうじゃない。

「いいえ、先生は優しすぎる」

そう、本当にマーレの成長はぎりぎりだった。

もし、彼が血も涙もない人間なら、俺のわがままを聞きもせず、今この場でマーレを使い潰《つぶ》したたろう。

だが、彼はそうはしなかった。むしろ、俺とマーレのために己だけでなく、娘までもが死力を尽くしてくれる。

ならば、それに応えるために俺がすべきことは一つ。

「必ず、魔力回路が壊れる前より強くなって戻ってきます……そのために、マーレに仕込みをしたんでしょう？」

今の説明で、様々な疑問が氷解した。

「ほう、説明してみたまえ」

「ずっと疑問に思っていました。俺の魂の欠片《かけら》と、俺の肉体を吸収し、俺の分身として作られたはずのマーレが、可愛《かわい》い美少女だということに」

ただのスペアパーツを取るためのパーツなら、いくら魔力回路目当てとはいえ、性別まで変わるほどの変化などは望ましくない。

大賢者マリン・エンライトがそんなミスをするはずがないのだ。

「続きを言いたまえ」

「ヒントはいくつかありました。マーレの使う剣術が、俺のものではなく母のものであること、容姿が母に似ていること、故郷の家に帰ったときにマーレが俺の家を懐《なつ》かしんだこと、母さんを怖がったこと……マーレの正体は、俺の肉体と魂だけでなく、母さんの肉体と魂をも取り込んで作られた。俺の分身ではなく、むしろ、妹と言うべき存在だ」

「なぜ、そんなことをしたかわかるかね？」

「俺の中にある勇者の血をさらに濃くするためです。もととも、エヴォル・オークの力に血が耐えられなくなっていた。それを勇者である母さんの血を取り込んだことで、ぎりぎり弾けずに済んだ。……そして、目の前には封印を解かなければ戦えない化物。そうであるなら、勇者の血を濃くすることで、より多くの力に耐えられるようにする。ならばこそ、【無限に進化するスライム】を繋《つな》ぎにしてさらに母さんの血を強くする」

ただ、血を取り込んだだけなら変化はないだろう。

だが、無限の適応力を持つ【無限に進化するスライム】というクッションを噛《か》ませれば話は別だ。

俺はより多くの力を引き出せるようになるだろう。

「ふむ、ばれてしまうとはね……そう、君に治療を頼まれる前から、マーレを生み出すために準備をしてきた。君がオークの村を出発するころには研究を始めていたのだよ」

疑問が一つ解決した。

いくらマリン・エンライトでもマーレほどの存在をあんな短時間で用意できるはずがないと

思っていた。

「母さんもグルだったんですね」

「その通りだ……さてと、そのマーレが来た。頑張りたまえ」

マーレが駆け寄って、俺の胸に飛び込んでくる。

「おとーさん、修行、がんばるの！」

「ああ、がんばろう」

俺はマーレを抱えたまま、大賢者が描いた巨大な魔法陣の中央に立つ。

「では、先生。行ってきます」

「うむ、がんばりたまえ」

大賢者マリン・エンライトに手を振り、そして魔法陣が煌《きら》めき、俺とマーレは【刻《とき》の狭間《はざま》の部屋】へと飛ばされた。

第二十話：序破Q

相変わらず、白い部屋だった。空中に巨大な砂時計が浮かんでいる。

この部屋で最大の脅威《きょうい》は何もないことだ。

一度、一人きりで何も持たずに潜るという試練を受けたことがある。

何もないところで、一人、一切の娯楽なしに一か月の時間を過ごす。

気を使いこなせば、一か月飲まず食わずでも死にはしない。サバイバル経験もあり、この試練を聞いたときにさほど難しくないと考えてしまった。

しかし、甘かった。

気がふれてしまうかと思った。

変化がないというのが何よりの毒になる。

太陽がなく、時間の流れがわからない、自分以外の生き物はおらず、気温も明るさも変わらない、どれだけの日にちが経《た》ったのか、感覚が壊れ、自分という存在すらもあやふやになっていく。

今回はマーレがいるから、気にする必要はないのが救いだ。

「ひっろいお部屋なの！　どこまでも真っ白なの」

「まずはテントを作ろうか」

土の精霊に頼み、無から石を生み出し、くみ上げていく。

簡単な小屋を作る。

これが俺たちの生活拠点だ。

「すごいのっ、マーレもやるの！」

見様見真似《みようみまね》で、マーレも魔術を使う。

面白い術式だ。

単純に俺のものをコピーしたわけじゃない。

いくら、俺の細胞と魂を取り込んだとはいえ、さすがに精霊紋まではコピーできない。

故《ゆえ》に、俺のように精霊の力は使えない。

だから、俺が集めた土の精霊の残滓《ざんし》をうまく拾い集めて使う。しかも、俺と魔力の質が似ていることを利用して、精霊に俺だと誤認識させる。

一度見るだけで技術を得るだけじゃなく、応用までする。

まさに天才。うちの娘は世界一。

「すごいな……さて、マーレ。これから新しい力を試す」

「がんばるの！」

マーレが目を輝かせている。

「さて、今から俺たちは一つになる」

「それって、ティータやクルルと夜やってること、マーレにもするの？」

「なっ、そんなわけないだろう！」

というか、見ていたのか。

一応、二人とそういうことをする間、マーレは別の部屋にいてもらっていたはずなのに。

「残念なの……」

「そういうのはマーレとしちゃだめなんだ」

「むう、ずるい。楽しそうで気持ち良さそうなのに」

頰《ほお》を膨《ふく》らませて可愛《かわい》らしいが、それはだめだ。

いくら可愛くてもダメなのだ。

「その、なんだ。今からもっと楽しいことをする。それも、ティータやクルルには絶対できないことだ。マーレだけの特別だ」

「やー♪　マーレだけの特別なの」

はしゃぐ姿は本当に普通の女の子のようだ。

俺はそんなマーレに大賢者の訓練メニューを伝える。

「むう、難しそうなの。こんな感じ？」

マーレの右手が青い半透明な流体に変わっていく。

スライム化だ。

さすがにこれは俺には教えられない。スライムである大賢者だからこそ、こつが教えられる。

「いい感じだ。次はもとに戻してみよう」

「ううう、なんか、うまくいかない。マーレの手が変っ」

元の手に戻そうとするが、苦労しているようだ。

不安と苛立《いらだ》ちが交じった表情で、なんども手を変えようとしている。

「落ち着いて、大賢者のメモを見るんだ」

「うーん、なるほどなの。元に戻るときは、素直に、自分の細胞の声を聴くの……できたの！」

マーレの右腕がスライム状態から元の可愛らしい手に戻る。

そんなマーレの頭を撫《な》でてやる。

「うまいうまい」

「えへへ、マーレは天才なの」

「今度は逆の手、次は足、そして頭、最後は全身。ゴールは全身スライムに変身して、元に戻るまでを一秒以内に行うこと」

「たっくさん練習なの！」

それが第一段階。

自由自在に変身する感覚を身に付けること。それも慣れた姿とスライムという、もっとも容易な変身をほぼ無意識レベルでできなければ話にならない。

次の第二段階では、任意の姿への変身。

第三段階は俺の体と繋《つな》がった上で、破損個所の特定という感応。

第四段階はついに破損個所へとスライム細胞を侵食させて、機能を代替する。

そして、第五段階でようやくスライム細胞で俺の破損を補いつつ魔術を使うというステージに至る。

多くの段階、その一つ一つが容易じゃない。

一か月でというのは、馬鹿げているかもしれない。

それでもやる。

二人で頑張るのだ。

「マーレ、各段階をクリアごとに、とっても美味《おい》しいお菓子を食べさせてあげよう。マーレが食べたことがないすごいのだ」

「やー♪　がんばるの！」

やる気の炎が燃え上がっている。

第五段階まで俺ができることは少ない。

マーレのサポートがメインになる。だからこそ、荷造りをティータに頼む際に、ありったけのお菓子の材料とフルーツも一緒に入れるように指示を出した。

この白い部屋では娯楽が必要だ。

マーレがさっそくまた手をスライムに変える。

天才のマーレでも難しいようだ。

俺はそれを見ながら、俺は俺の修行をする。

思えばずっと自身の鍛錬に集中できる時間がなかった。今、こうしている時間は、周りの人たちが俺のために作ってくれた貴重な時間。一秒たりとも無駄にはできない。

◇

早いものでもう二十五日経《た》った。

ぶっちゃけ、めちゃくちゃ充実した時間だ。

マーレの世話をしつつだが、ひたすら自分の鍛錬に集中できる。最近、ずっと世界を救ったり、商売に精をだしたり、ティータやクルルを鍛《きた》えたりと自分の時間が取れなかった。

今までの命がけの戦い、その経験を落とし込み糧《かて》にする。そんな時間が必要だったのだ。

日に日に強くなっていくのを感じる。

そして……。

「おとーさん、見て見て、ティータなの！」

マーレは完全に変身能力を身に付けていた。

「次は、クルルなの！」

ティータが数秒でクルルに変わる。

もはや、己の意志で誰にでもなれるようになった。くるりと見せつけるように回ってみせると元の姿に戻って腰に手をあててどや顔をする。面白いのが、その仕草がクルルに似ていたこと。

変身能力とは別に、面倒を見てくれている二人に影響を受けているようだ。

たった三週間ちょっとでマーレはここまで成長している。とはいえ、時間的にはぎりぎりだ。

残りはたった五日。

その五日で、俺との共同作業をしないといけない。

「おとーさん、四つ目の試練をするの！」

「お菓子はいいのか？」

「晩御飯まで我慢なの……悲しいけど、時間がないの」

「いい子だ」

俺にもったいないぐらいに。

お菓子が大好きなのに、ご褒美《ほうび》を我慢して俺のために頑張ってくれる。

「マーレはいい子なの！　だからもう、予習はばっちりなの。おとーさん、座って」

「ああ、こうか」

「うん、これで届くの」

マーレの手がスライム化、いやそれだけじゃない。粘液がさらに細かい粒子へと変わっていく。

それはもう目視できないほどに細かく。その粒子が俺の肌に触れると抵抗なく沈み込んでいく。

ミクロの世界。

スライム細胞だから可能なことであり、マーレのスペックがあるからこそそんなサイズでも制御が可能。

よくよく見ると粒子の一つ一つが魔力のパスで本体であるマーレと繋《つな》がっている。

沈み込んだスライム細胞が、俺と霊的と物理的両方で繋がる。

マーレを感じる。

一つになる。

溶けて、境界線がなくなり、そして。

「がはっ」

「きゃっ」

とんでもない拒否感、ほとんど無意識に俺の中で魔力が荒れ狂い、体内に入り込んだ、マーレのスライム細胞を焼き尽くす。

マーレは俺の細胞と魂を取り込んで作られた存在でも、ここまで自我が確立して変質すればもう別人なんだと思い知らされた。

「おとーさん、とってもとっても痛かったの」

マーレの手首から先がなかった。

再生能力が高いスライム細胞でも焼却されては復元できない。

「すまない」

「それと、気持ち悪かった……」

「そう、だな」

想像以上にこれは厄介《やっかい》だ。

なにせ、比喩《ひゆ》抜きで俺とマーレが繋《つな》がった。

心という不可侵な領域が混ざる。

それに対する嫌悪と、防衛反応は凄《すさ》まじいものがあった。

人の身体は二つの魂が入った状態を許さない。

以前、リリスに精神ジャックされたときのことを思い出す。

あれはあくまで別人が俺の部屋に入ってきたという感覚だった。だが、これは俺の部屋とマーレの部屋が丸ごとくっついて変質していくという感覚。自分が自分じゃなくなる。他人との境界線がなくなる、もっとおぞましいもの。

ああ、理解する。大賢者がマーレの人格を消してパーツとして使おうと言った意味。

マーレの感情と魂をすべて消せば、こういう防衛反応は起こらなかっただろう。

しかし、俺たちはそれを選ばないことを決めた。どれだけ難しくとも。

「もう一回するの！」

「いいのか？　俺ですら怖かったんだ。マーレはもっと怖いんじゃ」

「怖いの……でも、おとーさんはマーレを殺さないために、こうしてくれてるの。だから、怖くても、マーレはがんばるの。死にたくない……おとーさんともっとずっと一緒にいたいの！」

俺はマーレを抱き寄せる。

恥ずかしいな、死にたいほどに恥ずかしい。

この子ですら覚悟を決めているのに、俺は恐怖で足が竦《すく》んだ。

かっこ悪い。

こんなかっこ悪い俺を見せたくない。

だから、カッコつけよう。

「そうだな、がんばろう。だが、ただ同じことを繰り返すだけじゃだめだ。俺たちは一つになっても、一人になっちゃだめだ。一つになりつつ一人にならないように、俺は俺、マーレはマーレ。そう思い続けるための方法も必要だ」

マーレを受け入れるためには、一つに、俺とマーレの境界線を消して体を騙《だま》さないといけない。

　だけど、完全に一つになればそれは俺でもマーレでもない何かになってしまう。コーヒーとミルクを混ぜるのは簡単でも、コーヒーとミルクに戻すことは不可能なように。

　この反目する二つの条件を満たさなければならない。

「でも、そんなの大賢者のメモには書いてないの」

「その続きは俺が描く」

　あの大賢者も、さすがにこんな状況の経験はない。理論だけではどうにもならない部分が何事にも存在する。

　だが、今俺はそれを経験した。

　ならば、することは一つ。あの人からもらった知識に加え、この経験を使い……大賢者のメモの続きをこの場で描く！

　それこそが、俺のなりたい俺であり、マーレの前で胸を張れる俺だ。

　思考を加速させる。

　ありとあらゆる知識を、ジャンルを問わずかき集める。

　できるはず、それだけの知識と経験と能力が俺にはある。

　そして、答えは出た。

「今から言うようにやってくれ」

「やー！　了解なの！」

大賢者すら想像していない先へと二人で進む。

残り、タイムリミットは五日。

必ず、俺とマーレは二人でゴールにたどり着き、胸を張ってここを出ていくのだ。

第二十一話：師匠キャラが足止めすると、大抵死ぬ

～大賢者マリン・エンライト視点～


俺は来《きた》るべき災厄に備えて、商業都市の防壁の上で佇《たたず》んでいた。

そして、それは現れた。

予想通りすぎて嫌になる。

やはり、ここに来てしまうか……そう、今、世界でもっとも多くの人が集まる場所、餌《えさ》がありあまるほどあるこの地へ。

あれの行動理念は単純だ。

そして、あれに距離の概念はない。ともなれば、もっとも餌があるところに来るのは必定《ひつじょう》。

(魔王の端末……ふむ、いささか無粋《ぶすい》な形をしているな)

それは巨大な漆黒《しっこく》の魔犬だった。

小さな山ほどの体軀《たいく》。

眼は存在せず、顔と体が一対一の歪《いびつ》な姿。その巨顔の半分以上が口で、そこに並んだ牙《きば》一本一本が人一人より大きい。

あれを魔王犬と呼ぶとしよう。

（よほど、魔王アークオウルと勇者ミレーユ、そして俺との戦いで腹が減ったと見える。あれでは理性のない獣だ。神の異物、人など容易《たやす》く超える知性を与えられたはずなのに。いや、触角であればそんなものか）

魂を喰らう獣。

世界の破壊者。

その役目を与えられた存在。その触角。

そう、あれは本体ではない。

ただの末端に過ぎない。

その末端ですら、魔王、勇者、大賢者、三人がかりでなお滅ぼせないというのだから嫌になる。

あれはそういうものだ。

システムとしての魔王。その役割は人類の殲滅《せんめつ》……いや、調整と言ってもいい。

生まれながらに人を殺すことを、食欲のような形で仕組まれたそれしかできない命。

人が食事をしないと生きられないように、人を殺さないと生きていけない悲しい存在。

（世界の存続に必要なシステムとはいえ、……それを許容するわけにはいくまい）

システムとしての魔王の特色としては、人類の数が一定数を超えると目を覚まし、それ以降、人口が増えれば増えるほど力を増していく。

そして、その本能のままに人を殺し、殺すほど弱くなり……最後には精霊王によって用意された抑止力である勇者により滅ぼされ眠りにつく。

そんなことを、数百年周期で何度も何度も繰り返してきた。

システムとしての魔王の存在に気付き、自らの手で戦争を引き起こし、人類の数を調整することで災厄を逃れようとする為政者もいたほどだ。

（システムに干渉できるのは、同じく、そのシステムに組み込まれているもののみ、故《ゆえ》にあの馬鹿弟子に頼るしかない）

故に、魔王の反作用である勇者。本来は魔王が人を殺しすぎたときのストッパー。勇者とはそれ以上でもそれ以下でもない。それ以外はすべて後付けで勝手にその時々の為政者や宗教家が都合よく付けた設定でしかない。

確実に勝ちを狙うのであれば、魔王が人類の数を減らし、その力を削《そ》がれたときを狙うべきだろう。

あの街一つ見捨てるだけでも、かなりの弱体化が見込める。

弱体化の後であれば、オルクならば確実に勝てるだろう。

博打《ばくち》など必要なくなる。

（あの弟子はそれを望まないだろう……そして、俺も望まない）

今日一日、娘たちと共にあの街を回った。

楽しかった。

活力に、笑顔に、希望に満ちた街だった。

祭りという特別な日だったからかもしれない。それでも、いくもの国や街を見て来た俺から見ても素晴らしいと思えた。

何より、娘たちが言ったのだ。『来年もまた来たいと』。

ならば、命をかけて守る価値がある。

『お父さん、儀式魔術の準備ができたよ。アーティファクト、ぜんぶ使っちゃうからね』

『んっ、こっちも魔力兵装の火入れ、全部完了。国一つ灰燼《かいじん》にする火力を揃《そろ》えた』

『今宵《こよい》の狐鉄《こてつ》は血に飢えている。久々に全力でやれるわね』

『お父様、あれの生態、すべて解析完了です』

『みんな、聞いて。今回は防衛線だよ。そういう戦略を組んでる。勝つことより生き残ることを考えて。戦略はこの【王】のエンライトの領分』

五人の娘たちからの通信だ。

一人一人に専門分野を与え、そして各々《おのおの》の分野ではすでに俺に並び、追い抜こうとする自慢の娘たち。

「では、始めるとしよう」

　このまま、あの魔王犬が街の中に入れば、その時点で街は壊滅《かいめつ》、中にいる人々も半分は死ぬだろう。

　そうならないよう、娘たちと共に準備をしてきた。

　ようやく、街を守る兵たちが魔王犬に気付き、大慌てで情報を街に伝えに行く。

　だが、どう考えても間に合わない。情報が伝達される前に、あの魔王犬は軽く防壁を飛び越えて、街の中に侵入するだろう。

　俺は翼を生やす。

　スライム細胞の体ならばこそ、その形は自由自在。

　魔王犬の正面へ、その額に手を当てる。

（俺ごとき小虫、眼中にはないと。よろしい……その認識改めさせてもらおう）

　見くびられている。だからこそ、できることがある。

　とっておきの術式を構築開始。俺の術式の中でも火力だけなら最強。故《ゆえ》に相応の術式構築時間がかかり、保有魔力のほとんどを消費する。

　戦闘のさなかに使うことは難しいが、十分な準備時間。なおかつ、相手が舐《な》めて防ごうともしないのなら、好きに叩《たた》き込める。

　俺が奴の額に押し当てた手の平、そこには石ころがあった。

　なんの変哲もない、どこにでも転がっているようなそんななんでもない石。

「我が究極の魔術を受けるがいい【対消滅】」

石が形を失う。

そして、質量がエネルギーへと変換されていき、膨大な熱線として放たれた。

それは魔王犬を容易《たやす》く貫き、余波で原形が残っていた魔王犬の体が消滅。熱線の進行方向にあるすべてが抉《えぐ》れ、消滅する。さらには半径数キロにわたり気温が上昇。

これこそが、俺の最高火力。

質量とエネルギー、その関係は$E=mc^2$（E：エネルギー　m：質量　c：光速度）で表わすことができる。

熱や光を放出する現象は例外なく、この関係を利用したものだ。

だが、その変換効率は極めて悪い。

例えばシンプルに物を燃やす際の変換効率は一億分の一に過ぎない。

この対消滅という術式は、その一億分の一に過ぎない質量のエネルギー変換を百％で行うための術式。

石ころ一つを変換しただけで、月の三分の一を消滅させるだけのエネルギー量がある。

それほど危険な術式だ。

射出方向を入念に計算し尽くし、【魔術】のエンライトである娘が余波を防ぐ術式を幾重にも発動する必要があった。

あまりにも危険すぎて、かつての魔王との戦争ですら、ついぞ使うことはなかったもの。

俺がこれを生き物相手に放ったのは、これが初めての経験だ。

「これでも死なぬか」

【対消滅】により、塵《ちり》一つ残さずに消えたはずの魔王犬。その肉体が徐々に浮かび上がっていく。

全力の解析魔術を使う。

それが再生なのか、あるいは別の力なのかを見定めねばならない。

なるほど、これは。

「因果への介入。俺の【対消滅】をなかったことにしているのか。これは、たしかに人の理《ことわり》から外れている。魔術とは言えぬ、本物の魔法。神々の遊びか」

魔術というのは、他に代替手段がないほど価値がある。

そして、一切の代替方法がないものを魔法と呼び、そこへ至ることこそが魔術士の宿願。

俺は時間と空間に干渉する領域にまで達したが、因果への介入など、そこに至るための足掛かりすらまったく想像できない。

これが神という次元が違う存在の力、その一端。

とはいえ、だから諦《あきら》めるという理由にはならない。

因果への解消は神のおもちゃであろうと、時間がかかるようだ。

であるなら、この時間にやるべきことをやらせてもらう。
浮かび上がっていく魔王犬の周囲の空間に幾重にも魔法陣が浮かび上がる。
あらかじめ用意していた、儀式魔術の術式。
「さて、場所を変えるとしよう」
魔王犬が完全なる復活を遂げるとともに、儀式魔術の魔法陣が発動する。
それは、俺がたどり着いた魔法もどきの片割れ。
空間干渉系の魔術……【転移】。
いわゆる瞬間移動。
ほかに代替がない魔術の一つ。
魔法陣が光り輝き、俺と魔王犬は合わせて、この場から消え去る。
そして現れたのは……。
「懐《なつ》かしい場所に来たものだ」
そこは荒野だ。無数のクレーターがあり、生き物どころか草木一つ存在しない。
かつて、オルクの父、魔王アークオウルと死力を尽くし戦った場所。
その余波で、半径三百キロがこうなった。
その傷跡は数十年たってもまったく癒《い》えていない死の大地。
故《ゆえ》に、なんの気兼ねもなく戦える。

魔王犬が口を開いた。

ほう、触角に過ぎない分際で、食欲で理性を食いつぶされて、それでも話すぐらいはできるか。

「勇者でもない、ただの人が我の邪魔《じゃま》をするな」

苦笑する。

ああ、たしかにそうだ。

俺はシステムの外にいる。

勇者のミレーユやオルクとは違う。

この世界における一般人。

なれど……。

「ふむ、ただの人であることは否定しない。だが……」

指揮者のように腕を振り下ろす。

すると、魔王犬の頭上から魔術による隕石《いんせき》が降り注ぎ、さらには数十の核爆弾が飛来する。

魔術と科学の超火力による蹂躙《じゅうりん》。

そう、この場所に来たのは周囲の被害を気にしたからだけじゃない。奴を仕留めるための準備を徹底的に仕込んだからだ。

因果を歪《ゆが》めて復活した魔王犬が再び塵《ちり》になる。

「ただの人の力を神のおもちゃごときが侮《あなど》るものではないよ」

システムに気付いたとき、初めは絶望した。

今まで積み上げたものが、娘たちと歩んだ道が、すべて無意味ではないかと。

上位者から見れば俺の努力など羽虫の戯《たわむ》れに過ぎぬと。

システム側に回りたい、そのためなら何を犠牲にしてもいい、虫でいるのは嫌だ。そう考えてしまった。

だが、そんななか娘を拾った。俺のようになりたいというからそれぞれに見合った技術を授けた。

ひたむきに俺の教えを受けて、力を伸ばし、俺を追い抜こうとする娘たちを見て、システム側に回りたいなんて願望は消えていた。

羽虫でいいのだ。羽虫でもあがき続ければ神にだって届きえる。

それを為《な》しえてこそ、大賢者。それを為しえてこそ、娘たちに誇れる俺だと覚悟を決めた。

俺は人のまま、すべてを超越してみせよう。

「弟子には時間稼ぎを約束したがね。倒すつもりでいかせてもらおう。二度見てわかった。因果を操る力、それは無限ではない。有限だ。存在の力とでもいえばいいか？　因果を操る度に、ずいぶん弱々しくなるではないか！」

因果という、本物の魔法を使う存在。

なれど、システムによって与えられたその力を使うたびに、魔王犬の存在が弱くなっている。

もっとも、あと一回や二回使ったところで尽きるようなものではないが、終わりは必ずあるのだ。

魔王犬が再び復活。

「煩《わずら》わしい。羽虫が！」

「羽虫らしくたからせてもらおう。……ふむ、思えば全力を出すなど何十年ぶりか」

楽しくなってきた。

俺は強くなりすぎた。

だからこそ、磨いた技をぶつける相手を失った。

あの馬鹿弟子には、そういう役割も期待しているがまだまだだ。

そんな、ずっと求めていた遊び相手が目の前にいる。

悪くない気分だ。娘たちの前で全力を振るい教材となり、同時に娘たちの力量を確認できる。

死力を尽くし、この時間を味わい尽くそう。

そう考えながら、俺は次の術式を練り上げた。

第二十二話：主人公は大怪我《おおけが》すると、パワーアップして帰ってくる

そろそろ限界だ。

幾度、あの魔王犬を消滅させただろう？

だが、そのたびに因果を操り、なかったことにされてしまう。

魔力がもうない……それに。

「学習と適応を繰り返すわけか」

最初はただの大きな犬に過ぎなかった。

どんどん毛皮が硬質化していき、さらに衝撃を逃がすために傾斜をつけ、多層化。さらにはその多層を柔らかい層と硬い層に分けてしまう。

さらには爪の一本一本の鋭利さが増し、材質を変え、魔術的な付与を加え、いよいよ斬るという概念そのものとなり、俺の結界を切り裂くようになった。

戦闘力を増すために肩から人間の腕が生えて、それぞれに武器を握っている。

獣の敏捷性《びんしょうせい》と、人間の最大の武器と言える器用な手、その両方を手に入れた化物。

とびかかってきた魔王犬の突進を躱《かわ》すと時間差で、肩から伸びた手が剣を振るってくる。剣を受けた結界が切り裂かれ、結界に仕込んでいた爆発術式が剣の腹を殴《なぐ》りつけて剣が反れてい

く。

しかし、近くを通った剣圧だけで吹き飛ばされ、地面に叩《たた》きつけられ骨が砕かれる……素早く、スライム細胞に戻し、さらに腕の形に成形することで治癒《ちゆ》。

「おまえたちはもう下がれ！」

通信魔術で娘たちから、俺を置いていけないという声が上がる。

しかし、一人だけ。【王】のエンライト……つまりは政治と軍略を司《つかさど》る娘だけが冷静に他の姉妹たちを諭《さと》す。

すでに【魔術】のエンライトと【医術】のエンライトの二人は魔力を使い果たし、【錬金】のエンライトはすべての武装を使い切り、【剣】のエンライトは剣が折れている。

もう、娘たちは戦力ではなく、お荷物になった。

それを諭り、それぞれに持たせた緊急避難用の転移術式を込めた魔道具を使う。

「さてと、さすがに疲れてきたのだが。君はどうだ。因果の巻き戻しも、その進化も、力を使うのだろう。見る影もないほど、衰えているのがわかるよ」

悲しいことに、それでもまだ強いのだが。

俺に向かって駆けてくる。

もはや、飛翔術式すら使えない。

緊急用の転移術式を込めた魔道具を使おうとペンダントを握り締めたとき、魔王犬が咆哮《ほうこう》した。

鼓膜が潰《つぶ》れ、血が噴き出て、さらには空気の壁に殴《なぐ》りつけられる。

たかだか咆哮《ほうこう》がこの威力。

倒れ伏し、ダメージ以上にまずい状況だと気付く。

「偶然……ではないだろうね」

転移術式は繊細《せんさい》な術式、これだけ周囲の魔力場が乱されたらどこに跳ぶかわかったものじゃない。

跳んだ先が海であれば、はるか上空であれば、地中であれば困ったことになる……普段であれば問題なく対処できるが魔力が尽きかけているこの状況で跳ばされれば死ぬだろう。

あの魔王犬は、ただ一度娘たちが転移を使うのを見ただけで、その仕組みと弱点に気付いた。

さらには……。

「これだけ叩《たた》けば、俺の弱点にも気付くか」

動けない俺に顔を向け、その巨大な口を開く。その口内には炎が荒れ狂っていた。

俺は人の形のスライム。どれだけ叩かれようと斬られようと形状が変わるだけ。細胞を細分化し、また形を整えればいい。

だが、細胞を焼却されればもとには戻せない。

何十年もかけて、スライム細胞を圧縮させ、十分なストックを作ってきたとはいえ、弟子を治すための分身体を作るのに大量に消費し、この戦いでも消耗した。

あの直撃を喰らえば終わりだ。

（あれは防げるが、いよいよ、その次がないな）

絶体絶命の状況に追い込まれたときの保険は転移の魔道具だけではない。

しかし、そろそろ在庫切れだ。

半日という時間拮抗《きっこう》できたのは、数年がかりで溜《た》めたスライム細胞、ありとあらゆるアーティファクト、魔力のバックアップｅｔｃ．という貯金があればこそ。その貯金をすべて吐き出してしまった。

まったく、あの馬鹿弟子は何をしているのだろう？

もう、【刻《とき》の狭間《はざま》の部屋】から出ているころだろうに……。

巨大な火球が吐き出される。俺の細胞を焼き尽くすに十分なほどの。

最後の保険を使おうとして……止《や》めた。

なぜならば、もうその必要はなくなった。

はるか上空から光の槍《やり》が飛来する。それは火球を貫く。

火球は捻《ねじ》れ、散り、消えていく。

ただの力業《ちからわざ》じゃない、ただ貫いただけではあの火球は爆散し、俺は無事ですまなかった。

計算され尽くした精緻《せいち》な魔術。

あれほどの魔術を使えるものは、この世界に十人といない。

そう、それは壊れた魔力回路をだましだましなんて、状況でとても使えるものじゃない。

「……わがままを通したか、オルクよ」

俺は笑う。

「先生、遅くなりました」

俺の最後の弟子が翼を生やして、やってきた。

あれはスライム細胞を変質させて作った翼、魔力回路を癒《い》やすだけでは足りなかったらしい。新たな力を身に付けて来た。

魔王犬が後ろに飛びのく。

警戒と恐怖。

あの化物にそうさせる、さらなる化物。

そんなものに、変わっていた。

「少々疲れた。あとは君に任せよう」

「任されました！　ここからは、俺と……」

「マーレの戦いなの！」

オルクの身体からマーレの声が聞こえた。

ふむ、一つになっても一人にはなっていない。

俺ですら、理論段階では出せなかった答えをあの馬鹿弟子は出したらしい。

微笑《ほほえ》み、転移用の魔道具をかみ砕き、魔力を体内に取り込んだ。これで、ここに留《とど》まっても最低限自分の身ぐらいは守れる。弟子の足を引っ張らないだろう。

変わりに保険にとっておいた転移は使えないが。

構わない。

俺は弟子が勝つと信じ、そしてそれを見届けることを選んだのだ。

それこそが、師匠としての、あの馬鹿を信じて余計な選択肢を与えた俺の責任だ。

そして、なによりそっちのほうが面白そうだ。

第二十三話：三位一体！

～オルク視点～

ぎりぎりだった。

そう、何もかもがぎりぎりだった。

まず、俺とマーレが一つになり、魔術を使える状態になったのが最終日。

習得がぎりぎりすぎたせいで【刻《とき》の狭間《はざま》の部屋】から出たとき、体力も魔力も尽きていた。

もうすでに大賢者エンライトと娘たちが戦っていると聞いたが、とても戦えるような状況じゃなかった。

だから、決めたのだ。

三十分だけ休むと。

手持ちでもっとも効果が高い魔力回復力向上薬と体力回復力向上薬をがぶ飲みし、さらにはエヴォル・オークの力を利用するために第一段階の封印をほんの少しだけ緩めて、横になった。

【刻の狭間の部屋】で身に付けた技術。三段階の封印を完全解放するのではなく、封印を緩めて必要最低限の力を引き出すことができるようになった。

それだけでは体力はともかく魔力が全然足りない。

そこで裏技を使う。

ティータとクルル、二人の魔力を俺が寝ている間に全力でマーレに注いでもらった。それも風守の巫女《みこ》と剣の巫女、それぞれ風の精霊と火の精霊に愛されているからこそできるマナを呼んで。

本来、他人の魔力、ましてや自然界のマナなど取り込むことなんてできない。

しかし、【無限に進化するスライム】であるマーレの適応力があれば可能、一度マーレが取り込み、俺の魔力と俺の身体を知り尽くしているマーレが、魔力を変換し、さらにつなぎにスライム細胞を使って接続してから流し込めば、一気に魔力を回復できる。

そうして、考えるうる最速で力を取り戻し、ここへ来たのだ。

「嫁の愛が満ちている俺は無敵」

「おとーさん、調子に乗らないの！」

体の中からマーレの声がする。

今、俺とマーレは一体化している。

スライム細胞になり、俺の身体に入り込み、入りきれない部分は背中の翼になっていた。

スライム細胞は、何にでもなる。形状も硬さも軽さも自由自在。

変幻自在の、俺の意志に呼応する最強の武器となる。

「あれが、システムとしての魔王」

「はんぱないの。このままじゃ勝てないの！」
魔王犬が口を上げる。
口内に極大熱量が生まれる。
本来はただの火炎球を吐き出す、中級以上の魔物の定番魔術。
だが、あまりの力故《ゆえ》にプラズマ化し、そのプラズマが吐き出された。
はばたいて回避。
「こーてぃんぐ、なの」
全身をスライム細胞が包み、ひんやりとした膜になる。
プラズマを回避したのに、その余波でコーティングが蒸発。
もし、マーレがコーティングしていなければ蒸発していたのは俺の身体だ。
さらに、はばたき回避した先に日本刀以上に鋭い爪を振りかぶる魔王犬がいた。
はばたいて距離を取った瞬間、奴が消えて目の前に現れた。短距離転移魔術。
覚悟を決めて、クルルが鍛《きた》えた剣を抜く。
剣と爪がぶつかり合い、弾き飛ばされて地面に叩《たた》きつけられる。
……斬れない、クルルのこの剣で斬れない物質なんて初めてだ。
「くっしょんなの！」
翼が柔らかいクッションになり衝撃の大部分を殺す。

そんな俺に上から魔王犬が降ってくる。

「【鋼鉄槍】」

魔力回路がフル稼働。

全盛期以上の勢いで魔力が流れ、一切のノイズなく術式に魔力が注がれ魔術式が完成する。

俺の周囲の地面から、無数の鉄槍が生えて即席の罠となる。

そこに魔王犬が突っ込んできた。

鉄槍をへし折りながら。

「ぶーすとなの」

クッションが筒になり、そこからロケットエンジンのように炎を吐き超加速。

無数の鉄槍のなか、こっそり作っておいた退避路を低空滑空して抜け出し、再び筒が翼になり上昇。

それと同時に、鈍い音がなり剣山がすべて潰《つぶ》された。

……だが、その破壊力故に罠が作動する。

鉄槍の材料を地下から拝借したおかげで、地下はすかすかで底なしの落とし穴となり、奴が落ちていく。

「あの、師匠《せんせい》。あれ、相手に半日も戦ったんですか？」

「やっべえの」

予想より、圧倒的に強い。

正直、マーレのサポートがなければとっくに死んでいた。

マーレの変幻自在の変身。特訓の副産物。

実戦は初だが、これは使える。

「本気を出せ馬鹿弟子、余裕を見せていられる相手か」

頷《うなず》く。

それもそうだ。

これまでも本気だ。

だが、あくまで封印時の本気に過ぎない。

「マーレ、あれをやるぞ」

「ばっちこいなの！」

一か月の間、マーレとの特訓だけをしていたわけじゃない。

今までの強敵たちとの経験を、己の強さに変える特訓をした。

それが、マーレと一体化する技術と結びつく。

俺の中でマーレの力が膨《ふく》れ上がる。

マーレの声が響く。

「疑似魔力回路生成コンプリート、全魔力回路コーティング、筋力強化、骨格強化、魔術処理方式を並列から直列に変更、魂強度向上……いつでもいいの！」

俺と一つになったマーレ。

一つになるとはどういうことか。それは、俺の焼け切れた魔力回路をマーレの細胞で再構成し、さらには既存回路と接続、その上で既存回路にもマーレの細胞で補強し一段上の状態へと引き上げる。

さらには、筋力と骨格をもマーレの細胞で強化し、より大きな力に耐えられる状態にする。

そして、魔術を使う際の演算。今までは二人の魂で、それぞれに並列に別処理を行うことで複数の術式を同時に演算していた。

だが、直列にすることで二人で一つの術式を超高速で行いつつ処理能力を上げるように変更。マーレが取り込んだ、母さん……勇者の血の力を励起し、勇者の力をさらに注いで魂の強度を向上。

これらすべてを行うことで、今まで耐えられなかった強大な力に耐えられるようになる。

そう、そうでもしないと耐えられない強大な力。

つまりは……。

「【第二段階解放《セカンドリミット・リリース》】」

封印の解除。

第二段階解放。

それは、俺が理性を保てる限界を超えた先。

第二段階解放とは奇跡があれば戻ってこれるが、ただの獣に落ち暴れるしかできないレベル。

そう、今まではそうだった。

人の形を保ち、技術と魔術を生かせるのは【第一段階解放《ファーストリミット・リリース》】が限界だった。

しかし……マーレと一つになり強化された俺なら。

「邪魔《じゃま》をするな、腹が減ってるんだああああああああああああ！」

落とし穴から魔王犬が飛び出てくる。

あちらも化物。犬の癖に翼を生やして。

「きついな」

「がんばるの！」

力が荒れ狂い、膨《ふく》れ上がる。

理性を手放しそうになる。

それでも、耐える。

一人じゃない、俺とマーレ、二人で。

『仕方ないわね。おねーさんも手伝ってあげる』

「……どういうことだリリス」

『魂の扱いは、お姉さんの専門分野よ。お土産《みやげ》を置いといたの。使い捨てだけどね。あとは自

分で頑張れ』

荒れ狂う力にようやく手綱《たづな》がかけられた。

……リリスの奴、いつのまに。さすがはナイトメア。サキュバスの最上位種。夢、つまり精神を操る術なら世界一。彼女なら、自分の精神分身体を残しておくことは可能だ。【第三段階解放《ラストリミテッド・リリース》】から俺を呼び戻しただけはある。

俺だけじゃ御せない力、それがマーレとリリス。マーレがハードを強化し、リリスがソフトを強化して手の中に……。

「があああああああああああああああ！」

目の前に爪が迫る。

そして俺は剣を抜き迎え撃つ。

さきほどは弾き飛ばされた。

再び、爪と剣がぶつかりあう。

そして……。

「なぜえええええええええええええええ」

爪がくるくると宙を舞う。

クルルの鍛《きた》えた神剣が魔王の爪を斬りさいた。

さらに追撃、空気を固め、空に足場を作り、踏み込んで掌底《しょうてい》。

相手のサイズがサイズだ。剣で斬ったところで浅い。

ならばこそこれだ。

魔力と気を込めた発勁《はっけい》。

衝撃でまず奴が吹き飛び、地面に叩《たた》きつけられる寸前、奴の体内で俺の気と魔力が膨《ふく》れ上がり爆発する。

首以外が吹き飛び、因果修正により俺の攻撃がなかったことになっていく。

俺が着地すると、その横に大賢者が並ぶ。

彼が興味深そうに再生する魔王犬を眺めて口を開く。

「ふむ、勇者が殴《なぐ》ると存在の力そのものを削り取るのか……面白い。次、ああすれば、勝てるだろう」

「それは良かった」

「それにしても想像以上だな」

「俺も驚いています」

魔力回路が治ればいい。

そう思っていた。

しかし、マーレと一つになるという経験をするとその先が見えた。

それこそが、新たな力。【紋章外装】。

拒絶反応を無くすために、身体に直接刻んだ術式が発光することから名付けた。

この状態であれば、【第二段階解放《セカンドリミツト・リリース》】を完全に御し切り、俺の技術と魔術を存分に振るえる人型を保てる。

今、この状態は理性をなくした【第三段階解放《ラストリミテッド・リリース》】よりも強い。

「では、止《と》めをさせ。あれは何をしてくるかわからない」

「もとより、そのつもりです」

俺はこうして話しながらも術式を組んでいた。

大技だ。

ああしてゆっくりと再生してくれる間にしか使えない類《たぐ》いのもの。

もうすぐ術式が完成する。

魔王犬を跡形なく吹き飛ばす。大賢者の見立てでは、これでもうやつは因果の復元すらできない。

ただの触角とはいえ、魔王の一部を消滅させられる。

いよいよ術式を放つ、その瞬間だった。

声が響いた。

脳裏に深く、深く。

『イレギュラーか、触角とはいえ我が負けるなどあってはならない。早急に消去しよう。腕一

いの。

その声には理性と知性があった。何よりも、カリスマがあった。思わず跪《ひざまず》きたくなるぐら

本捨ててでも』

父さんや、賢王と同じ類いのそれを感じた。

そして、再生を続けていた魔王犬が膨《ふく》れ上がる。

まるで風船のように。

ぶくぶくと膨らんで、はじけた。

それは圧倒的な力の本流となり襲い掛かってくる。

魔王の触角、存在そのものをただの力に変換して放つ。使い捨ての一撃。

それは、一度だけ見せてもらった大賢者の切り札、質量のエネルギー変換すらも凌駕《りようが》する。

「マーレ、出力リミッター解除、全力だ！」

「わかったの！」

完成途中だった術式を解放する。

それは、大賢者直伝の質量のエネルギー変換……を俺ができるようにした簡易版。

変換効率は彼と比べて五割程度だが、それでもなお俺の持つ最高の魔術。

力と力がぶつかり、対消滅していく。

「おとーさん、まずいの……おとーさんの身体が、もたないの」

マーレが悲鳴を上げる。

出力リミッター。それはマーレによって強化された俺の身体、それが耐えられる限界を超えないように設けたもの。

そのリミッターを超えているのだから、当然体が壊れていく。

リミッターは飾りでつけたわけじゃない。

「マーレ、無理をするな！　消滅するぞ」

「やなの！　おとーさんを守るの！」

俺の魔力回路、筋肉、骨格、魂を保護するマーレのスライム細胞が過負荷で消滅していく。

マーレが俺のダメージを肩代わりし続けている。

だから、辛《かろ》うじて無茶ができている。

しかし、そんな無茶をしているのにわずかに押されていた。

じりじりと力の拮抗点《きっこうてん》がこちらに近づいている。

頭に響いた声を思い出す。

腕一本を犠牲にとやつは言った。あの魔王犬は魔王の触角。そして、その材料は腕一本だったのだろう。

それをすべて破壊力に変えた。

そんな捨て身。

そんな捨て身ならばこその規格外の威力。大賢者と俺がいくども滅し、因果の力を削っていてなお、これだけの威力。

突然、すうっと熱が失われ、その場に膝《ひざ》をつく。

力が抜ける。

術式が途切れる。

「おとーさん!!」

ああ、そうか、限界か。

魔力を使い果たした。

俺を守るマーレより先に、俺の限界がきた。

そして、拮抗は完全に破られて、光に呑み込まれて終わってしまう。

「いや、ここからだ。精霊王！」

精霊王にたまわった力を使う。

リリスの城で、絶体絶命のピンチでなお温存した力。

なにをどうしても、どうしようもない。精霊王の敵がズルをしたからこそ、例外的に俺に与えられた力。

邪神との戦いでは、第六感がいまではないと叫んだ。

だけど逆に今こそがそのときだと本能が叫ぶ。

「巻き戻せ！」

精霊王から与えられた例外の力。

それは因果の力。

たった五秒の巻き戻し。

五秒程度巻き戻したところでほとんど何も変わらない。

ましてや、俺が何をどうしても敗北するような相手にたった五秒でなにをしろというのだ？

しかし、その答えがここにある。

力が満ちる。魔力が気力が戻る。俺と一つになっていたマーレの過負荷で消滅したスライム細胞が戻る。

「やれるな、マーレ！」

「もちろんなの！」

五秒、つまりは全力を出す前。

もどった力で再びの全力。

それは魔王の腕を引き替えにした破壊と拮抗《きっこう》し……そして、打ち破った。

目の前には何もなかった。

もともとここは父さんたちの戦いの余波で死の大地と呼ばれていたが、俺より前は巨大な穴だけに。

……これ、人里なら国一つ滅んでいたな。

「お疲れさま」

俺はそう言って倒れる。しんどい、もう立ってもられない。

そんな俺の上に少女が降ってくる。

俺の身体から外に出たマーレのダイブだ。

「げふっ」

けっこう痛い。

「おとーさん、マーレはがんばったの。たくさん褒《ほ》めるの！」

ふふんっとマーレのどや顔が視界いっぱいに広がる。

とても可愛《かわい》らしい。美少女は得だ。

「えらいえらい」

頭を撫《な》でてやると気持ち良さそうに目を細める。

「マーレはご褒美《ほうび》を所望するの！」

「ああ、いいぞ。がんばってくれたからな。なんでも聞いてやる」

「んっ、今なんでもって言ったの？」

「そうだよ」

マーレがにやりと笑った。美少女に似つかわしくないものなのに、それでも可愛い。

俺の娘は世界一可愛《かわい》い。

「じゃあ、ティータやクルルにしてるのと同じことするの！　仲間外れはやなの！」

「……いや、あの、それは」

「なんでもって言ったの」

「なんにでも例外はあってな」

「なんでもって言ったの！」

可愛い娘が頰《ほお》を膨《ふく》らませて、さらに可愛くなっている。

どうしよう、やばいやばい。

俺はエッチなオークさんだが、道徳にはうるさいオークさんだ。

娘はだめ絶対。

そもそも母さんの現身《うつしみ》でもあるから、実妹でもあって。娘で実妹に手を出すなんて、そんなもん一球で、スリーアウトどころかゲームセットだよ。

俺を見下ろす大賢者と目があった。

「娘に手を出すのはクズの所業だ。それをしたら最後、俺はおまえを弟子とは思わん」

大賢者が今まで俺に向けた目の中でもっとも冷たかった。

というか、殺意すら感じる。

「あっ、もしかしてそう自分に言い聞かせないと……ぐへっ」

言い終わる前に顔を踏まれた。全力で。

俺じゃなかったら鼻の骨が折れたよ!?

「その、ごめんなさい」

「ふう、とにかく帰るとしよう。馬鹿弟子の魔術の余剰魔力を吸収した。転移魔術程度なら問題ない。変換効率が悪いから余剰魔力が漏《も》れる。もっと精進しろ」

また大賢者がとんでもない人外の技を何気なく言ってしまう。

人の魔術の変換ミスで発生したロスを吸収ってなんだよ!?　そんなの理論だけでも構築できる気がしないのだが。

「はい、お願いします」

早く帰りたい。

ティータとクルルが心配しているはずだ。

それに……。

(もう、俺の息子が限界です)

二人きりなのをいいことに四六時中くっついてくるマーレ。

オナニーする暇もない一か月。

もう大賢者以上に賢者だ。

ふふふっ、最近なんで俺オークなのに禁欲ばっかりなんだろうね。

でも、でも、我慢は終わりだ。
思いっきりティータとクルルと愛し合うぞ！

エピローグ：娘のことは大好きだけど嫁が一番なオークさん

大賢者は俺を商業都市に送り届けると帰って行く。

娘ともども家に招いてお礼をしたいと言ったが、やんわりと断られた。

なんでも、帰ってやることがあるらしい。その手には戦闘中に切り落とされた魔王犬の爪があった。

あの大賢者なら、あれからかなりの情報を得ることができるだろう。

屋敷に帰ると、ティータとクルルが駆け寄ってくる。

「良かったよ、無事だったんだ」

「オルクさんが自分の足で帰ってくるなんて」

「……ティータはともかくクルルは俺をなんだと思ってるんだ」

「だって、オルクさんって強い敵と戦ったあと大抵寝込みますし」

悔しいことに言い返せない。

なにせ、規格外の連中と戦う際には封印を解いてしまい、そして反動で死ぬというのがいつものパターンなのだから。

「やー、マーレの尊い犠牲のおかげなの！」

マーレがひょっこり顔を出す。

「あれ、マーレちゃん小さくなった？」

「あっ、本当です」

「尊い犠牲なの……」

俺も最初は気付かなかったがマーレが一回り縮んでいた。

「本来、俺が受けるダメージを肩代わりしてくれたんだ。そのおかげで、スライム細胞がかなり死滅して、元の大きさを保てなくなったらしい」

マーレのいう尊い犠牲は文字通りだ。

マーレが居なければいつも通り俺は寝込んでいただろう。

「その、元に戻れるのかな？」

「たくさんご飯食べれば細胞は増えるの！」

「じゃあ、適当に何か作るね」

「いやなの。ティータのごはんは微妙」

ティータの顔が引きつる。

最近俺に料理を習い始めたとはいえ、料理といえば生か丸焼きの文化で育ったティータの料理はまだまだだ。

ただ、俺は好きだ。味ではなく、ティータが作ってくれたという事実が美味《おい》しくさせてくれる。

美少女の作った料理プライスレス。

「では、私が作るというのはどうでしょう？」

「あれ、クルルって料理できたっけ？」

「それなりに。だって、私は超貧乏生活していましたからね。外食なんてできませんでしたから自分で作るしかなかったんです。貧乏飯なら、オルクさんにも負けません。クズ肉や、骨、クズ野菜、魚のアラ、それらが私の手にかかると普通に食べられるようになります」

「むう、マーレはがんばって普通に食べられるようになった貧乏飯じゃなくて、とっても美味しいのが食べたいの」

クルルが撃沈した。

マーレの気持ちもわかる。安い材料を創意工夫で美味しくするという姿勢は美しいが、普通に美味しいものをもっと美味しく創意工夫をしたもののほうがいいだろう。

うちはお金持ちで、無理に安い材料を使う必要はないのだから。

「……ですよね」

「クルルの作る夜食はうまいけどな」

「えっ、オルクは食べたことがあるんだ」

「二人でよく徹夜で研究やら、鍛冶《かじ》やらすると夜食が必要になってな。夕食の余った材料で手早くクルルが作ってくれる夜食はありがたい」

「ふふふっ、貧乏人には時間がないのですからね。私のレシピはどれも超短時間でできます」

まあ、あれだ。

ただ美味《おい》しさを追求するという意味ではクルルの料理はアレだが、余りものだけを使って、手早く作り、そこそこの味というのはそれなりに需要がある。

「へえ、面白そう。今度食べさせてよ」

「はい、キツネまんまを食べさせてあげましょう」

ちなみにキツネまんまとは、豚の骨を超火力の魔術で焼き上げ砕いたものをミルクで炊いた麦粥《むぎかゆ》に散らして、味噌《みそ》で味付けした料理。

超火力で焼いて砕けば骨もさくさくなスナック感覚で食べられるし、その状態だと驚くほど短時間で出汁《だし》がとれて、豚の旨味《うまみ》が広がる。

捨てるはずの骨が主材料なので材料費はほぼかからず、三分もかからないと、安い！　早い！　それなりにうまい！　の三拍子そろったクルルの得意料理だ。

昔は肉屋に頭をさげて骨を超格安で譲《ゆず》ってもらい、たまに死にたくなったとクルルは言っていた。

「ちょっと気になったの。やっぱり作るの」

「いいですよ。それに私もお腹が空きました」

「そろそろ夕食の時間だしね。じゃあ、私も作ろうかな。みんなで食事を作ろうよ」

「それはいいな」

それぐらいの体力は回復した。

みんなで楽しく料理をしようじゃないか。

◇

楽しい楽しい食事が始まった。

それぞれに料理を作る。

まずティータはステーキを焼いた。エルフ料理特有の丸焼き。まあ、牛肉はオーク三人組がもってきてくれた最高の牛肉なので焼いて塩を振っていればそれだけでうまい。

そして、クルルはキツネまんまを作っている。とはいえ、今日はちゃんと肉が入っていた。

そして俺はというと……。

「いったいどれだけ作ってるの!?」

「これ、五十人前はありますよね。というか、肉の量がすごっ」

「血と肉が足りないときはこれだろう」

冗談のように山盛りにしたミートボールスパゲッティ。

カリ〇ストロで、ルパンがむさぼるように食っていたあれだ。

なんと、今回はパスタを十キロ茹《ゆ》であげて、ミートボールは三キロ使用した。

一人前がだいたい二百グラム程度と考えると、おおよそ五十人前となる。

苦労した。それだけの量のパスタを茹でるとなればキッチンにある鍋は小さすぎるし、竃《かま》も火力が足りない。わざわざ庭に出て魔術を使って作り上げた。

「美味《おい》しそうなの！　ごくりっ」

「これ、四人で食べきれるのかな」

「五皿ありますけど、一皿で十分すぎる気がします」

一皿につき、パスタ二キロとミートボール六百グラム。四人で割るとパスタ五百グラムに、ミートボール百五十グラム。

いわゆる超特盛と言われるだけの量。

「心配するな……飢えたスライムならこの程度は軽い」

「じゅるり、もう食べていい？」

「ああ、好きなだけ食え」

「いただくの！」

マーレが一番近い大皿を引き寄せると、とりわけもせずにいきなり食べ始めた。

スライム細胞の枯渇で一回り小さくなっていることもあり、まるで山盛りスパゲッティが山のよう。

「ズババ、ガツガツ、バクバク」

その勢いはまるで、某月《ぼう》を見たら大猿になる大食い主人公のよう。

あっという間に大皿のミートボールスパゲッティを平らげると、クルルのキツネまんまを平らげて器を重ねる。

さらにミートボールスパゲッティの大皿をおかわり。

「ばばばばばばば、どばばばばばぁ、じゃっ、超、うまいの！」

今度は、某受験競争に疲れて農業高校にやってきた元がり勉みたいな食べ方だ。

そして、ステーキを引き寄せる。

どうやら、ただのステーキではなく最近購入したばかりの米の上に載せたステーキ丼らしい。

まさか、自分でこれに気付くとはティータも成長していた。ただの丸焼きだと決めつけてすまなかった。

「ハムッ　ハフハフ、ハフッ!!」

一心不乱にかきこむ。

なぜか、サンマが食べたくなった。

ステーキ丼を速攻で片付けると、ミートボールスパゲッティ皿に手を付けて、途中で止まった。

まだ、食べるつもりだが飢えが収まったらしい。

「おとーさんの料理が一番美味《おい》しいの」

「それは良かった」

「たしかに、美味しいね、これ。こってりしたトマトソースが最高だよ」

「ミートボールと、このつるつるしこしこした麺《めん》の相性が最高です」

「甘いの。おとーさんの工夫はそれだけじゃないの」

ティータとクルルが首をかしげる。

「マーレがどれだけ大量に食べたと思うの？　でも、飽きないの。不思議に思わないの？」

「たしかにそうだね」

「私、あれだけ食べたらもう見るの嫌になっちゃいそうです」

そう言いつつ、二人は小皿に取り分けた分を食べ続けて、そして俺の仕掛けた罠に気付いた。

「あっ、これ、ミートボールにチーズが入ってるのがあるよ。美味しい」

「こっちはちょっとピリッとしてます」

「おとーさんは、マーレが飽きないように工夫してるの。他にもいろんな味があるの！」

「その通りだ。マーレはたくさん食べるからな。最後まで美味しく食べてほしい」

「また、凝《こ》ったことをしますね……」

「うん、でもオルクらしいよ」

みんなで笑いあう。

それからも食事は続く。

ふざけた量を作ったが、無事すべて片付けられた。

「たくさん食べたら眠くなったの。お休みなの」

マーレが自分の部屋に帰っていく。

俺はそれを見届け、そして……。

「計算通り」

ニヤリと笑う。

そう、すべてはこの頭脳がはじきだしたシミュレーションに沿って動いていた。

お子様はお腹いっぱいになると眠くなる！

マーレを調子に乗らせて、いつも以上に飯を食わせて眠らせる。

そうなれば。

「さあ、ティータ、クルル、寝室に行こう！　愛し合おう！　今！　今！　今！　いつやるの？　今でしょ！」

「あの、オルク、目が怖いよ」

「てか、テンションおかしいです」

「一か月、オナニーすらできなかったんだぞ!?」

「私たちにとっては一日だけどね」

「しょうがないです。付き合ってあげます」

二人は苦笑しつつも立ち上がり、寝室に向けて歩いていく。

オークックック。

思いっきり、愛し合おう。

◇

シャワーを浴びてから寝室へ。

二人はとっくにシャワーを浴びており、準備をして待っていると言っていた。

部屋に入るなり、言葉を失う。見惚《みと》れてしまった。

「可愛《かわい》いよ。そんな下着、いつの間に買ったんだ」

「その、お祭りでね」

「二人で疲れて帰ってくるオルクさんをお出迎えしようって決めて買ったんです」

オークダイブ。

ル〇ンダイブのノリで羽織っていたバスローブとパンツを脱ぎ捨て、ベッドに腰かけていた二人を押し倒す。

「愛してるよ、二人とも」

「って、オルク、いきなり、んっ、そこ、責めないで」

「オルクさん、舌、今、乳首、ひゃっ、いつもより、激し」

右手でティータの恥部を責めて、口でクルルの胸を可愛《かわい》がる。

にしてもエッチな下着だ。つけたまま、ちょっとずらすだけでエッチなことができる。

異世界にこんな下着があったなんて。

下着というのは隠すだけでなく、女体の魅力を引き出す。

だが、セックスをするとき邪魔《じゃま》だ。だが、これならつけたまま愛せる。

二人を俺が持てるすべての技術で気持ちよくさせる。

「やっ、オルク、そんなっ、だめ、いっちゃう、んんんんんっ」

「いやっ、もう、がまんできっ、そこ、弱いんです。きゃっ、んんんんんん」

二人を絶頂させる。

これで準備は万端。

俺のオークさんのほうも限界まで滾《たぎ》っている。

「はあはあ、オルク、いいよ。来て」

「今日はオルクさんの好きにしてください」

二人が俺を迎えるように両手を広げた。

そして俺は微笑《ほほえ》み……二人をむさぼった。

GAGAGA

ガガガ文庫

上最強オークさんの楽しい種付けハーレムづくり5

夜涙

テ 2021年6月23日 初版第1刷発行

テ人 鳥光 裕

集人 星野博規

集 小山玲央

テ所 株式会社小学館
〒101-8001 東京都千代田区一ツ橋2-3-1
[編集]03-3230-9343 [販売]03-5281-3556

ー印刷 株式会社美松堂

刷・製本 図書印刷株式会社

nted in Japan ISBN978-4-09-453011-7